Gabriele Kox

Irrer Irrtum

Bibliografische Information der Deutschen Nationalbibliothek: Die Deutsche National-bibliothek verzeichnet diese Publikation in der Deutschen Nationalbibliografie; detaillierte bibliografische Daten sind im Internet über http://dnb.dnb.de abrufbar.

1. Auflage: Mai 2018

Impressum
Copyright © 2018 Gabriele Kox
Herstellung und Verlag:
BoD – Books on Demand, Norderstedt
ISBN: 978375283512

Gabriele Kox

wurde 1961 in Düsseldorf geboren.

Sie hat eine erwachsene Tochter, zu der sie ein sehr enges Verhältnis pflegt.

1980 beendete Gabriele Kox erfolgreich eine Ausbildung zur Bürokauffrau in einem großen Unternehmen in Düsseldorf, in dem sie noch heute, seit vierzig Jahren, hauptberuflich als Sachbearbeiterin tätig ist.

Im Jahre 2013 entdeckte Gabriele Kox erstmals die Lust am Schreiben. Im Mai 2016 veröffentlichte sie ihren ersten Roman

„DU lässt mich nicht im Regen stehen"

Seit 2008 lebt Gabriele Kox in Hilden im Kreis Mettmann in Nordrhein-Westfalen.

„Irrer Irrtum" ist ihr zweites Buch

Zum Buch

Eine Verwechslungsgeschichte über zwei Frauen mit fatalen Folgen und eine Liebesgeschichte, die gar keine ist …

Das Leben der jungen Polizistin Mel ändert sich plötzlich, als sie ihre beste Freundin auf grausame Weise zugerichtet, in ihrer Wohnung auffindet.
Eine konkrete Spur nach dem Täter führt Mel Sofi in eine Klinik für psychische Erkrankungen, in der sie sich mit einer Patientin gleichen Namens anfreundet.
Bei der Suche nach dem Täter geraten beide Frauen in Lebensgefahr …

Gabriele Kox

Irrer Irrtum

Kriminalroman

1

Langsam

stieg eine zierliche, elegant gekleidete Frau mittleren Alters die steilen Treppenstufen in den Keller hinab. Als sie mit schwingenden Hüften und High Heels das Lokal betrat, waren alle Augenpaare auf ihre langen, wohlgeformten Beine gerichtet. Sie wusste genau, dass perfekt sitzendes Schuhwerk Beine zu einem Blickfang machten. Tagein, tagaus lenkte sie geschickt mit einem perfekten Make-up und ausgefallener Garderobe von ihrem Gesicht ab.

Die Beleuchtung in der Kneipe war düster und die Luft stickig, das Mobiliar abgenutzt. Ihr stieg ein ekelerregender Gestank unter die Nase. Es roch nach Schweiß, Alkohol und Zigarettenrauch. Das Publikum bestand aus zwielichtigen Gestalten, und sie fühlte sich von den anwesenden *Kleinkriminellen* beobachtet. Hier war zwar genau der richtige Ort, um dubiose Geschäfte abzuwickeln und unerkannt zu bleiben, aber so düster und heruntergekommen hatte sie sich den von ihm vorgeschlagenen Treffpunkt nicht vorgestellt.

Der abartige Geruch, der sich wie eine Glocke über sie legte, und der Anblick der übrigen Gestalten ließ Übelkeit in ihr aufsteigen. Sie schaute ständig zur Türe, als hielte sie nach jemandem Ausschau.

Die feine Dame setzte sich an einen der freien Tische und blickte sich angewidert um. Ihr war durchaus bewusst, wie groß der Kontrast zwischen ihr und den hier Anwesenden war, die verwahrlost aussahen und stark nach Schweiß und Alkohol rochen.

Die Bedienung in dieser Spelunke ließ ebenfalls sehr zu wünschen übrig. Sie trug einen Minirock und zerrissene Strumpfhosen. Ihre Bluse war mit undefinierbaren Flecken und Brandlöchern übersät. Mit der Zigarette im Mundwinkel stellte sie den bestellten Whisky und das Wasser wortlos vor ihr auf den Tisch ab. Erneut rebellierte der Magen der feinen Dame. Während sie auf die verdreckten Gläser starrte, fischte sie nervös ihr Handy aus der viel zu großen Handtasche und wählte im Minutentakt eine Nummer. Dabei bemerkte sie, dass ihre Finger das Handy so fest umklammert hielten, als suche sie Schutz. Nachdem sich die Mailbox eingeschaltet hatte, legte sie, ohne eine Nachricht zu hinterlassen, auf. Ihre Augen suchten erneut den düsteren Raum ab.

Jedes Mal, wenn sich die Tür öffnete, blickte sie gespannt in diese Richtung.

Sie schloss für einen Moment die Augen und erinnerte sich an ihren Mann, der sie, als sie ihn am meisten brauchte, verlassen hatte.

Seit ihrer Jugend musste sie sich mit dem Tod auseinandersetzen. Ihre Mutter und ihre Schwester waren beide an Unterleibskrebs gestorben. Sie hatte sich für ihre Familie aufgeopfert und sie bis zum letzten Atemzug gepflegt.

Viele Jahre später, bei einem routinemäßigen Hautscreening, erhielt sie erstmalig die niederschmetternde Diagnose ‚Hautkrebs'. Die Krebszellen hatten sich so tief in ihre Haut gefressen, dass in zahlreichen Operationen das kranke Hautgewebe entfernt und gesunde Hautlappen transplantiert werden mussten. Wulstige Narben waren das Ergebnis der zahlreichen Eingriffe. Oft hatte sie sich gewünscht, an unsichtbarem Unterleibskrebs erkrankt zu sein, als mit dieser abstoßenden, entstellten Gesichtshälfte zu leben, mit einer Fratze, die aus hässlichen Narbenwucherungen bestand. Die Spannungsgefühle und die Bewegungseinschränkungen an den operierten Stellen verursachten außerdem unerträgliche Schmerzen.

Das, was sie in dieser schlimmen Zeit durchgemacht hatte, musste sie ohne fremde

Hilfe bewältigen, denn auch Franz, ihr Ehemann, hatte Probleme mit ihrem Aussehen und trennte sich noch von ihr, als sie mit der letzten Chemotherapie stationär war. Seitdem fühlte sie sich noch mehr von ihrem Umfeld ausgegrenzt und war voller Hass.

Viele Jahre später, inzwischen geschieden, begegnete sie ihrem Ex in Begleitung im Wartezimmer der ‚Praxis für Gynäkologie und Geburtshilfe'. Seine Neue war jung, bildhübsch und schwanger.

Sie fühlte ein Brennen in der Brust und die nagende Frage, die sie innerlich zerfraß. Warum gerade ich? Womit habe ich das nur verdient? Jeder Gedanke an Schönheit versetzte ihr einen Stich mitten ins Herz, dessen Schmerz man nicht in Worte fassen konnte.

Sie trank den Whisky in einem Zug leer, da sie sonst in Tränen ausgebrochen wäre. Der Alkohol wärmte langsam ihren Körper und hinterließ ein Gefühl der Gleichgültigkeit. Der wahre Grund ihrer Anwesenheit in dieser Kneipe verlor für einen Moment an Bedeutung.

Plötzlich öffnete sich die Tür. Ihre Blicke trafen sich, als der Mann die Kaschemme betrat. An der Theke zog er seinen schwarzen, verfilzten Wollmantel aus und nahm seine ungewöhnliche Kopfbedeckung ab. Er trug eine Jeans, die vor Dreck stand und einen viel zu großen Pulli, der sich am Bündchen bereits auflöste.

Ohne seine Kopfbedeckung hätte sie ihn nicht wiedererkannt, denn er hatte sich für einen neuen Look entschieden – die Kahlrasur. Sie bemerkte die zahlreichen Beulen und Flecken auf seiner Kopfhaut, die sich, als er noch Haare hatte, ausgebreitet hatten. Er fasste sich mit der linken Hand über seine Glatze. Mantel und Mütze legte er auf den Barhocker.

Sie zog eine Braue hoch. Ihre Augen gingen in seine Richtung. Sie beobachtete ihn, aber er würdigte sie keines Blickes. Obwohl er heute einen kühlen Kopf bewahren sollte, bestellte er sich einen doppelten Wodka, leerte das Glas in einem Zug und knallte es auf den Tresen, um sich einen zweiten zu bestellen. Bei seelischen Spannungszuständen trank er unkontrolliert. Heute war er mehr als angespannt, denn die elegante Frau in der Ecke, mit der er verabredet war, hatte ihm eine Menge Kohle versprochen, für einen kleinen Dienst.

Sie stand auf, legte einen Geldschein für die verzehrten Getränke auf den Tisch. Wortlos ging sie mit wiegenden Hüften an ihm vorbei und verließ die Kneipe. Als sie fort war, schaute, er auf den leeren Platz und entdeckte den braunen Umschlag, den sie, wie ausgemacht, für ihn dagelassen hatte.

2

Mell

und Mike liefen sich nach vielen Jahren im Café ‚Auszeit' über den Weg.

Sie erinnerte sich an den ersten Kindergartentag, als sie beim Abschied von ihrer Mutter heftig weinte.

„Du kannst Micky behalten. Er soll dich für immer beschützen", hatte er großzügig gemeint.

Mike trennte sich von seinem geliebten Kuscheltier ‚Micky' und war von da an immer an ihrer Seite.

„Mell?", hörte sie jemanden ihren Namen rufen. „Mell, bist du es wirklich? Unglaublich! Nach so vielen Jahren! Und du bist noch hübscher geworden!"

Mike ging mit offenen Armen auf Mell zu. Sie konnte der Stimme nicht gleich ein Gesicht geben. Als sie sich langsam umdrehte, erkannte sie den Mann und ging mit schnellen Schritten auf Mike zu. Sie fiel ihm um den Hals, als hätte es niemals Jahre der Trennung zwischen ihnen gegeben.

Für Mell war als Kind schon klar, dass sie ihre Sandkastenliebe einmal heiraten würde.

Damals fand sie seine braune Lockenpracht schon faszinierend. Seine blaugrauen Augen strahlten, wenn er sie ansah, und die vorwitzigen Pünktchen auf seiner blassen Haut gaben seinem Gesicht etwas ganz Besonderes. Feige ging er zwar jeder Auseinandersetzung mit den anderen Kindern aus dem Weg, aber wenn es um Mell ging, verteidigte er sie mit seinen kleinen Fäusten.

Mike begrüßte Mell so stürmisch, dass sie keine Luft mehr bekam. Von diesem Tag an verbrachten sie jede freie Minute miteinander, und nach kurzer Zeit läuteten tatsächlich die Hochzeitsglocken, und Mells Kindertraum ging endlich in Erfüllung.

In den anfänglichen Ehejahren war Mike mehr denn je Mells Traummann. Er war charmant, romantisch, loyal, zuverlässig, fürsorglich, und er bettete sie auf Rosen. Der liebevolle und behutsame Sex war fantasievoll und ausgefüllt. Das Leben an seiner Seite war perfekt.

Schleichend, kaum spürbar, machte Mike eine Kehrtwende um einhundertachtzig Grad. Von Tag zu Tag wurde die Spannung zwischen ihnen unerträglicher. Sein liebevolles Verhalten gehörte sehr bald der Vergangenheit an, und die Leidenschaft ebbte ohne erkennbaren Grund immer mehr ab. Mike Sofy veränderte sein Wesen und wurde Mell gegenüber immer rücksichtsloser, weit entfernt von dem Mike, mit dem sie einst im Sandkasten gespielt und den sie geheiratet hatte. Sie bekam zeitweise sogar richtig Angst vor ihm.

Eines Morgens gab es einen heftigen Streit zwischen Mell und Mike, und er endete in einem furchtbaren Fiasko.

Mike kam splitterfasernackt aus der heißen Dusche und ging zielstrebig auf seine Frau zu.

„Los, zieh dich aus", befahl er mit eisiger Stimme.

„Es geht nicht", murmelte sie. „Ich habe wahnsinnige Unterleibsschmerzen."

„Du weißt doch, was passiert, wenn du nicht so funktionierst, wie ich es gerne hätte, oder?"

An seiner Stimmlage erkannte sie, dass es ihm ernst war und er kein *Nein* akzeptieren würde. Er grapschte nach ihrem Körper, sein Atem ging schnell. Als sie spürte, wie er von Sinnen nach ihren Brüsten packte, wollte sie sich aus seinen Klauen befreien. Er zitterte vor

Erregung, und Mell fühlte sich ihm wieder vollkommen ausgeliefert. Sie wusste, was jetzt passieren würde.

„Du Schlampe. Ich gebe dir Unterleibsschmerzen", schrie er sie an und ging auf sie los. Er packte sie am Arm und warf sie auf das gemeinsame Ehebett, um sich an ihr zu vergehen. Mike warf sich auf sie, nach vorn übergebeugt hielt er mit der rechten Hand die über ihren Kopf gekreuzten Arme fest, mit der Linken zerrte er an ihrem Hosenknopf und versuchte, den Reißverschluss ihrer Jeans gewaltsam zu öffnen. Als ihr Körper sich verteidigend aufbäumte, schlug er mit aller Wucht auf sie ein, immer und immer wieder. Mells Augen füllten sich mit Tränen, und sie schrie sich die Seele aus dem Leib. Er drückte ihr das Kissen auf Mund und Nase, um sie zum Schweigen zu bringen. Entsetzt über seine rohe Gewalt flehte sie ihn mit aufgerissenen Augen an:

„Bitte hör auf damit", stammelte sie unter dem Kissen hervor. „Ich bekomme keine Luft. Du bringst mich ja um!"

Mells Herz begann heftig zu schlagen. Sie hörte das Rauschen ihres eigenen Blutes in den Ohren. Endlich lies Mike von ihr ab. Er warf geschockt das Kissen auf den Boden. Es war, als würde er aus einer seltsamen Trance erwachen.

„Mell", sagte er mit monotoner Stimme. „Bitte verzeih mir. Das wollte ich nicht."

Wie immer versuchte er sich zu entschuldigen und tat so, als wäre nichts gewesen.

„Du solltest dringend einen Therapeuten …", druckste sie.

Mike ließ sie nicht ausreden.

„Lieber Himmel, stell dich doch nicht so an! Du willst es doch auch. Ich will doch nur mit meiner Frau schlafen, die ich über alles liebe. Ist das denn zu viel verlangt?"

„Nein", schrie sie. „Ist es nicht, aber deine Definition von Liebe ist eine andere …".

„Ist ja gut", sagte er so leise, dass sie ihn kaum verstehen konnte.

Bei seinen leisen Worten fühlte Mell sich ihm überlegen und begann, sich langsam aus seinen Fängen zu befreien. Als sie vom Bett aufstehen wollte, traf er sie mit der flachen Hand am Kopf, dann erhielt sie einen Schlag mit der geballten Faust unter dem rechten Auge auf das Jochbein. Sie hatte sich zuvor noch niemals so heftig gewehrt, doch nachdem er immer wieder auf sie eingeschlagen hatte, setzte endlich ihr Abwehrmechanismus ein. Zunächst schlug sie nur wild um sich, dann schnellte ihr Arm nach unten, und sie erwischte Mikes *liebstes Stück*. Mell drückte so fest zu, dass er das Gefühl haben musste, seine Eier würden aus dem Hodensack gequetscht werden. Mike sank in die Knie und fiel wie ein nasser Sack der Länge nach auf den Boden. Er bewegte sich keinen Millimeter. Es folgte ein qualvoller, endlos langer Schrei, der bis zur nächsten Straßenecke zu hören gewesen sein musste und anschließend ... angsteinflößende Stille. Nichts mehr war zu hören, außer dem keuchenden Atem ihres Mannes und dem Ticken des Weckers auf dem kleinen Nachttisch. Plötzlich und vollkommen unerwartet zog Mike seine Frau an den Haaren vom Bett hoch und schleuderte sie mit aller Wucht gegen den Kleiderschrank. Mell sackte zu Boden. Taumelnd versuchte sie sich wieder aufzurichten, wischte sich das Blut mit dem Handrücken von der Schläfe. Überraschend attackierte Mike sie mit zahlreichen Fußtritten, warf sich auf sie und legte seine Hände um ihren Hals, er drückte zu.

Es war nicht das erste Mal, dass Mell ein Krankenhaus aufsuchen musste, aber das erste Mal, seit ihr Ehemann sie so übel zugerichtet hatte. Sie saß mit zahlreichen Platzwunden im Gesicht, übersäht mit Blutergüssen und blauen Flecken am Körper in der überfüllten Notfallambulanz und versuchte, die Tasten ihres Handys zu bedienen, um ihre Schwester Pia anzurufen. Die angeschwollenen Augen und aufgeplatzten Lippen entstellten sie ungemein.

„Sind Sie in der Badewanne ausgerutscht oder zur Abwechslung mal die Treppe hinuntergefallen?", wollte die diensthabende Ärztin wissen, die Mell schon viele Male behandelt hatte.

„Dieses Mal bin ich …"

Mell ließ den Satz unvollendet, aber die Ärztin wusste genau, was sie meinte.

Gerade als sie sich für die Untersuchung freimachen wollte, summte Mells Handy. Sie hatte Angst ranzugehen. Schlimmstenfalls war es Mike, der sich wieder für sein Fehlverhalten entschuldigen wollte. Sie beschloss, ohne einen Blick darauf zu werfen, es zu ignorieren.

Die Ärztin tätschelte ermutigend ihren Arm.

„Ich habe Erfahrungen mit misshandelten Frauen. Glauben Sie mir, es wird mit jedem Tag schlimmer werden. Die mit bloßem Auge erkennbaren Wunden werden schnell verheilen, aber es wird eine Ewigkeit dauern, bis sie ihm vergeben können oder er sie totgeschlagen hat."

„Ich werde niemals …" Mell sprach nicht weiter, sie wusste, es war nicht angebracht, sich gegenüber einer Fremden zu öffnen. Sie presste die Hand auf ihren Mund, um nicht den über viele Monate erlittenen Schmerz, der sie

jetzt wie eine Lawine überrollte, herauszu-
schreien. Sie war sich bewusst, dass sie Mike,
der sie geschlagen, gedemütigt und sie immer
wieder gegen ihren Willen genommen hatte,
bis zu ihrem letzten Atemzug nicht verzeihen
würde.

Mells Handy klingelte unentwegt.

„Frau Sofy, Sie sollten endlich rangehen",
sagte die Ärztin mitfühlend.

Mell zog ihr Handy aus der Hosentasche.
Als sie die Nummer ihrer Schwester auf dem
Display erkannte, tippte sie auf den grünen Hö-
rer.

„Pia, könntest du mich bitte abholen? Ich bin
in der Notfallambulanz. Nur noch dieses eine
Mal", flehte sie ihre Schwester an.

Mell fing an zu weinen. Sie konnte überhaupt nichts dagegen tun. Sie krümmte sich
lautlos vor Schmerzen und umklammerte mit
beiden Händen ihr Handy, um irgendwie Halt
zu finden.

„Hat dieses Schwein es wieder getan? Mell,
du musst endlich etwas unternehmen, bevor
noch Schlimmeres passiert", flehte sie ihre
Schwester an.

„Bitte Pia, hol mich ab", jammerte Mell in
den Hörer und legte auf.

„Legen Sie sich bitte auf die Liege."

Die diensthabende Ärztin tastete Mells Körper von oben bis unten gewissenhaft ab, ging um die Liege herum und blieb am Kopfende stehen. Sie sah die Würgemale am Hals, wo ihr Mann Hand angelegt hatte. Behutsam nahm sie Mells Kopf in die Hand und neigte ihn in sanften Bewegungen nach rechts und links. Die Ärztin bemerkte, dass Mell sich bei jeder Berührung und Bewegung verkrampfte. Sie gab aber keinen Ton von sich.

3

Nach

der handgreiflichen Auseinandersetzung war
eine Zeit vergangen. Äußerlich erinnerte nur
noch das rötlich-gelb verfärbte Veilchen, das
Mell mit viel Schminke verdeckte und die gebil-
dete Kruste auf ihren Lippen an den schlimmsten Tag in ihrem Leben.

„Guten Morgen, Frau Sofy!"
Mell, die in Gedanken an der roten Fußgän-
gerampel stand, hob verwirrt den Kopf. Sie verengte die Augen, um die Person durch die Sonnenbrille besser sehen zu können, von der sie
gerade angesprochen wurde.

„Frau Sofy, ist alles in Ordnung mit Ihnen?"
Nun erkannte Mell auch die Stimme.

„Guten Tag Frau Dr. Ullrich. Entschuldi-
gung, ich habe Sie nicht gleich erkannt. Halten
Sie mich bitte nicht für unhöflich, aber mir geht
es gerade nicht so gut. Die vergangene Nacht
war mal wieder viel zu kurz."

Frau Dr. Lisa Ullrich drückte Mell zur Begrüßung vorsichtig die verletzte Hand.

„Nein, das tue ich nicht. Kommen Sie, lassen Sie uns im Café ,Auszeit' etwas trinken. Sie

sehen aus, als könnten Sie tatsächlich einen Muntermacher gebrauchen."

„Wirklich?", fragte Mell verlegen.

Die Frauen traten in das gegenüberliegende Café ein und nahmen Platz. Schweigend schauten sie einander an. Die Bedienung steuerte zielstrebig auf die beiden zu und fragte im ruppigen Ton nach der Bestellung.

„Für mich einen Roibuschtee", orderte Frau Dr. Ullrich.

„Ich kann Tee nicht ausstehen", fügte Mell hinzu. „Ich nehme lieber einen Cappuccino."

Mell blieb nicht verborgen, dass Frau Dr. Ullrich sie eingehend musterte.

„Frau Sofy, ist wirklich alles in Ordnung? Sie waren schon so lange nicht mehr in meiner Sprechstunde. Irgendetwas bedrückt Sie doch?", fragte die Ärztin nach einer Weile des Schweigens.

Mell schaute sich argwöhnisch um. Sie hatte Angst, hier ihrem Mann zu begegnen wie damals, als sie sich nach der Sandkastenzeit wiedergetroffen hatten.

„Entschuldigen Sie, wenn ich nur mit halbem Ohr zuhöre, aber mein Leben ist gerade vollkommen aus dem Ruder gelaufen."

„Wollen Sie darüber reden?"

„Lieber nicht."

Schweigen.

Mell war dann doch diejenige, die die Stille unterbrach.

„Ich brauche dringend Hilfe!", platzte es aus ihr heraus. „Ich habe die Befürchtung, dass ich vielleicht … na, wie soll ich es ausdrücken …, dass ich gerade dabei bin, in eine Alkoholabhängigkeit zu geraten.

Frau Doktor nippte an ihrer Teetasse und beugte sich ein wenig über den Tisch.

„Dann erzählen Sie doch mal, wie Sie darauf kommen."

Über die verletzte Lippe, das besondere Benehmen ihrer Patientin und das Tragen der Sonnenbrille in der kalten Jahreszeit verlor Frau Ullrich jedoch kein einziges Wort.

„Nun ja. Da ich seit einiger Zeit mit gewaltigen Schlafproblemen zu kämpfen habe, greife ich immer öfter zur Flasche."

Wieder beobachtete Mell die Eingangstür.

„Wenn ich Alkohol trinke, fühle ich mich erleichtert. Es kommt leider immer häufiger vor, dass ich später nicht mehr weiß, welcher Schuh zu welchem Fuß gehört. Ständig vergesse ich, wohin ich gerade gehen wollte. Meine Brille suche ich unentwegt, obwohl sie auf der Nase sitzt. Meinen Haustürschlüssel finde ich nach langem Suchen im Kühlschrank. Solche Dinge halt. Ich bin in letzter Zeit sehr schusselig. Hinzu kommen die ständigen Kopf-

und Magenschmerzen, die mich wahnsinnig machen. Die innere Unruhe lässt mich in meiner Wohnung auf- und abgehen. Tja, und zu guter Letzt trinke ich ein Glas Wein nach dem anderen. Gegen die aufkommenden Koliken trinke ich dann noch einen Schnaps", erzählte sie kleinlaut.

Verwundert stellte Mell fest, dass der innere Druck plötzlich von ihr abgefallen war. Sie war erstaunt, wie erleichtert sie sich auf einmal fühlte, denn sie hatte zuvor mit niemanden, außer mit ihrer Schwester natürlich, über ihre Befürchtungen gesprochen.

„Frau Sofy, ich bin mir sicher, dass wir das in den Griff bekommen. Rufen Sie in meiner Praxis an, und vereinbaren Sie zeitnah einen Termin", schlug die Ärztin vor. „Sinnvoll wäre es, Sie kommen sehr bald."

„Das mache ich. Vielen Dank, Frau Dr. Ullrich."

Ein Gefühl von Traurigkeit überkam Mell, als sie nach der Begegnung mit ihrer Ärztin bedrückt die Haustür aufschloss.

Im Badezimmer starrte sie in ein Spiegelbild, das ihr ziemlich „fertig" entgegenblickte. Früher hatte sie sich selbst für hübsch und attraktiv gehalten. Aber jetzt sah sie angeschlagen aus. Das lange, sonst glänzende kastanienbraune Haar hing strähnig und ohne Glanz herunter. Ihr Gesicht war grau, dunkle Schatten umgaben ihre knopfgroßen, braunen Augen von den schlaflosen Nächten. Wie soll man auch aussehen, wenn man vom eigenen Mann verprügelt und missbraucht wird, dachte sie bitter und spürte wieder die körperliche Brutalität, die Mike an ihr ausgelassen hatte.

Aufgewühlt ging sie ins Wohnzimmer und starrte auf die leeren, vom Vortag übrig gebliebenen Rotweinflaschen. Wie selbstverständlich öffnete Mell eine weitere Flasche und verspürte beim Einschenken, dass der Alkohol tatsächlich schon viel zu sehr zu ihrem Leben gehörte und offensichtlich den Part eines sogenannten Seelentrösters übernommen hatte. Beim Einschütten stellte sie sich vor, wie wohl eine Entgleisung aussehen könnte, wenn sie so weitermachen würde. Für Mell gab es nur noch einen Weg, aus dieser augenblicklichen Hölle zu entkommen, nämlich, die ihr angebotene Hilfe anzunehmen.

Gedankenverloren führte sie das Glas an ihre Lippen und trank einen großen Schluck. Auf einen Punkt starrend ließ sie die Unterhaltung mit ihrer Ärztin noch einmal Revue passieren. Sie war überglücklich, dass die Ullrich sie

nicht auf ihre Blessuren im Gesicht angesprochen hatte.

Bereits zwei Tage später vereinbarte Mell
tatsächlich einen Termin in der Praxis.

4

„Frau Sofy,

ich habe lange über unser Gespräch nachgedacht und mir dazu Ihre Krankenakte und die Ergebnisse der letzten Diagnostik eingehend angesehen. Einen Anhaltspunkt für Ihre Dauererschöpfung konnte ich jedoch nicht erkennen. Die Werte der letzten Blutuntersuchung gaben auch keinen Hinweis auf den Grund Ihrer Schlafstörungen. Ich empfehle Ihnen daher, zunächst etwas kürzerzutreten, und lassen Sie es nicht länger zu, dass man Ihnen Gewalt antut. Vor allem rate ich Ihnen, sich einer Selbsthilfegruppe anzuschließen."

Mell starrte sie an, schloss die Augen und senkte verlegen den Kopf. Sie war überrascht und fühlte sich, als hätte sie mit ihrem Schweigen über die Gewaltaktion eine Straftat ausgeübt.

„Ja, ich denke darüber nach", antwortete sie perplex über den Vorschlag ihrer Hausärztin.

Mells Gesicht drückte Panik aus. Alleine bei der Vorstellung, sich jemals wieder gegen ihren Willen anfassen zu lassen, versteifte sich ihr Körper zu einem Brett.

„Mithilfe meiner Schwester habe ich bereits beim Familiengericht eine Schutzanordnung beantragt und Strafanzeige erstattet. Mein Mann darf die gemeinsame Wohnung nicht mehr betreten. Die Angelegenheit ist bereits geklärt", sagte Mell resigniert.

„Wunderbar. Das haben Sie richtig gemacht."

Frau Dr. Ullrich schaute Mell dennoch besorgt an.

„Sie sollten sich nicht über Ihre Arbeit definieren, sondern andere Werte in den Vordergrund stellen. Der ständige Zeit- und Leistungsdruck könnte zumindest der Grund für die beschriebenen Symptome der Vergesslichkeit und Ihre anhaltenden Schlafstörungen sein. Da Sie in letzter Zeit vermehrt Alkohol zu sich nehmen, tendiere ich dazu, Sie an eine Einrichtung zu verweisen, die sich auf dem Gebiet „Suchterkrankungen" bestens auskennt. Was halten Sie davon?"

Mell atmete tief durch.

„Okay, wenn Sie das für richtig halten."

Mehr konnte sie zum Vorschlag ihrer Hausärztin nicht hervorbringen, denn sie vertraute ihr und war sich sicher, dass sie mit ihrer Hilfe aus der unangenehmen Lebenslage schnell herauskommen würde.

Die Ärztin drückte Mell beim Abschied dennoch einen Flyer ‚Selbsthilfe- und Beratungsstelle für Frauen' in die Hand.

Auf dem Nachhauseweg dachte Mell lange über den Vorschlag nach. Plötzlich war sie hin- und hergerissen, zweifelte an ihrer eigenen These, tatsächlich ein Suchtproblem zu haben. Verunsichert, ob sie aufgrund des *geringen* Alkoholkonsums tatsächlich die Suchtberatungsstelle kontaktieren sollte, entschied sie sich dagegen.

5

Es

passierte immer öfter, dass Mell in Schweiß gebadet aus dem Schlaf hochschreckte. Ihr Herz klopfte schmerzhaft gegen ihre Brust, als wollte es aus ihrem Körper entfliehen, um endlich frei zu sein. Als sie die Augen öffnete, hatte sie beide Hände zu einer Faust geballt, so, als wollte sie sich wehren.

Hört das denn niemals auf, dachte sie erschöpft und stieg gequält aus dem Bett. Barfuß tapste sie durch den Flur in die Küche und machte das, was sie immer tat, wenn der Alptraum sie aus dem Schlaf gerissen hatte.

In der Kühlschranktür stand noch eine angebrochene Flasche Sekt. Sie holte sie heraus, ließ den Korken knallen und schüttete sich ein Glas ein. Schnell merkte sie, dass ihr ganz schummerig wurde, als sie einen Riesenschluck nahm.

So, als hätte ihr eine gute Fee ins Ohr geflüstert, stellte sie die Flasche nicht in den Kühlschrank zurück, sondern leerte sie im Spülbecken aus. Sie war es satt, sich weiterhin zu betrinken, nur um die Gedanken an Mike und das, was er ihr angetan hatte zu vergessen. Sie wollte das nicht mehr.

Nach dem letzten Übergriff war bereits mehr als ein Jahr vergangen. In dieser Zeit hatte sie Mike weder gesehen, noch von ihm gehört. Er war nur in Gedanken ihr ständiger Begleiter, den sie einfach nicht abschütteln konnte. Auch sonst hatte sie sich nicht wieder auf eine andere Beziehung einlassen können; sie konnte die Demütigungen einfach nicht vergessen. Da sich aber ihr Alkoholkonsum seitdem mehr als verdoppelt hatte, beschloss sie in dieser Nacht, endlich mit sich selbst reinen Tisch zu machen und die Suchtberatungsstelle zu kontaktieren.

Nach dem ersten telefonischen Kontakt mit der Sozialpädagogin, Lydia Schall, von der Suchtberatungsstelle empfand Mell sofort Sympathie. Ihre Stimme klang warmherzig. Mell hatte den Eindruck, offen mit ihr über ihre ganz persönlichen Probleme reden zu können.

„Die Einsicht ist der erste Weg zur Besserung und die beste Ausgangsbasis für eine Suchttherapie", hörte Mell plötzlich eine fremde Frauenstimme hinter sich sagen, die sie aus den Gedanken riss. Sie zuckte unwillkürlich zusammen.

„Guten Tag, Frau Sofy. Es freut mich sehr, Sie endlich persönlich kennenzulernen. Mein Name ist Lydia Schall", stellte sie sich vor und reichte Mell zur Begrüßung die Hand.

Lydia Schall hatte schwarze, lange Haare. Die tief eingegrabenen Falten ließen auf ein von der Sonne gezeichnetes Gesicht schließen. Sie trug eine farbenfrohe Bluse, die ihren wunderschönen blauen Augen wenigstens etwas Wärme gaben. Frau Schall blickte sie mit einem versteinerten Gesichtsausdruck an, der die anfängliche Sympathie, die Mell während des Telefongespräches empfunden hatte, blitzartig verfliegen ließ.

Aufgeregt spielte Mell mit ihrem Ring, schaute sich nervös um.

„Ihre behandelnde Ärztin hat mich schon vor langer Zeit über ihr Alkoholproblem informiert."

„Tatsächlich? Da muss aber ein gewaltiger Irrtum vorliegen, denn ich bin an keinem Suchtleiden erkr …"

Mell ließ den Satz unvollendet im Raum stehen, bevor sie weitersprach.

„Zunächst bin ich hier, um herauszufinden, was mit mir los ist", entgegnete sie beunruhigt.

„Glauben Sie mir, Ihr Schamgefühl ist hier völlig fehl am Platz. Sie sind doch freiwillig zu uns gekommen, das heißt: Sie haben die Alkoholabhängigkeit als Krankheit bereits begriffen und akzeptiert und damit für sich selbst die allerbesten Voraussetzungen für eine Therapie geschaffen", meinte die Sozialpädagogin provozierend.

Mell sah sie mit einem verständnislosen Blick an.

„Welche Schwierigkeiten sehen Sie denn in Ihrem Umfeld? Wie schätzen Sie Ihre Probleme im Umgang mit Alkohol selbst ein?", hakte Frau Schall nach.

Mell legte ihre Problematik offen und ehrlich dar.

In diesem Erstgespräch wurden der Umfang und die Dauer der Schwierigkeiten eingehend thematisiert. Mell hatte entgegen ihrer anfänglichen Abneigung die Suchtberatungsstelle dann doch über viele Monate an drei Tagen in der Woche aufgesucht. In dieser Zeit schöpfte sie Mut und die Angst vor Gewalt, die zu ihrem ständigen Begleiter geworden war, verblasste von Tag zu Tag. Die regelmäßigen Sitzungen ebneten Mell den Weg in ein anderes Leben und ganz ohne Alkohol.

Am Ende der zahlreichen Therapiesitzungen wurden die Erkrankungen posttraumatische Belastungsstörungen, abgekürzt ‚PTBS‘, in Verbindung mit Suchtmittelgebrauch ‚Alpha-Alkoholismus‘ diagnostiziert. Mell war sich vor Therapiebeginn nicht einmal bewusst, dass es etliche Formen von Alkoholismus gab. Sie gehörte zu den Alphatypen, den nichtsüchtigen Alkoholikerinnen, die mit Alkohol ihre Probleme zu lösen versuchen, aber ihren Konsum immer noch unter Kontrolle halten können.

„Frau Sofy, Sie haben ein schweres Trauma erlitten", erklärte Frau Schall im Abschlussgespräch.

„Organisch sind Sie gesund. Aber ... aber Sie waren über einen langen Zeitraum Opfer häuslicher Gewalt. Dieses Trauma haben Sie mithilfe Ihrer Schwester zwar gut bewältigt, aber nicht verarbeitet. Bitte denken Sie über meinen Vorschlag, eine entsprechende Klinik aufzusuchen, noch mal nach. Es muss ja nicht sofort sein. Lassen Sie sich die Sache durch den Kopf gehen, besprechen Sie sich mit Ihrer Familie, und dann sehen wir weiter."

Mell hatte bereits eine Entscheidung getroffen.

6

Mell

las das Einladungsschreiben immer wieder aufs Neue. Sie ließ es aufgebracht auf sich wirken. Irritiert und fassungslos klebte ihr Augenmerk auf dem fettgedruckten Wort ‚**Suchtmittelabstinenz**‘.

Sie spürte, wie ihre Atemzüge immer schneller wurden und überlegte, die Reha einfach abzusagen.

Hier kann doch nur ein gewaltiger Irrtum vorliegen! Im entgifteten Zustand? Fünfzehn Wochen? Was soll das?

Sie wählte die Nummer der Klinik und landete zu ihrem Groll auch noch in der Telefonwarteschleife. Ungewollt drang im Sekundentakt der langweilige Ansagetext - *Hallo und herzlich willkommen. Bitte legen Sie nicht wieder auf. Wir sind gleich für Sie da* - an ihr Ohr.

Mell stieß einen tiefen Seufzer aus, als sie sich zahlreiche Durchläufe des Textes anhören musste, bevor sie ihr Anliegen endlich loswerden konnte. Sie musste sich nicht bemühen, ihre Stimme aufgebracht klingen zulassen. Das erledigten bereits ihre angespannten Nerven für sie.

Nach dem Telefongespräch war Mell beruhigt, dass sie das Missverständnis vor Antritt der Reha nun doch noch aus der Welt schaffen konnte. Kaum hatte sie aufgelegt, klingelte es erneut.

„Hallo Schwesterherz. Na, wie geht es dir?"

„Jetzt wieder gut".

„Was ist passiert? Ist Mike etwa wieder aufgetaucht?", wollte Pia besorgt wissen.

„Nein. Ich habe heute die Zusage für die Reha vom Rentenversicherungsträger erhalten."

„Und? Wann geht es los?"

„In vier Wochen. Laut Einladungsschreiben soll ich mich mindestens einer zwanzigtägigen Suchtmittelabstinenz unterziehen."

„Wie bitte? Was sollst du?"

„Du hast richtig gehört."

Mell las ihrer Schwester das Schreiben sehr erregt vor.

Sehr geehrte Frau Sofy,
Ihr zuständiger Leistungsträger hat für Sie eine stationäre Rehabilitationsbehandlung in unserem Hause für zunächst fünfzehn Wochen bewilligt.
Wir freuen uns, Ihnen den Aufnahmetermin in unserer Klinik mitteilen zu können.

*Bitte sorgen Sie dafür, dass Sie sich vor der geplanten Aufnahme einer mindestens zwanzigtägigen **Suchtmittelabstinenz** unterziehen, da eine stationäre Behandlung nur im entgifteten Zustand möglich ist.*

Sollten Sie ärztlich verordnete Medikamente einnehmen müssen, möchten wir Sie bitten, diese mitzubringen und am Aufnahmetag griffbereit zu haben.

Bitte rufen Sie uns möglichst umgehend unter der obigen Durchwahl an, falls Sie den Aufnahmetermin nicht wahrnehmen können.

Mit freundlichen Grüßen

„Du und Alkoholikerin! Das ist ja absolut lächerlich", meinte Pia.

„Ganz genauso habe ich das auch gesehen und die Angelegenheit bereits telefonisch geklärt."

„War deshalb so lange bei dir besetzt?"

„Ja!"

„Und? Alles geklärt?"

„Selbstverständlich. Hier lag nur ein Missverständnis vor, da in der Klinik sowohl Abhängigkeitserkrankungen als auch psychosomatische Erkrankungen behandelt werden.

„Ach so", sagte Pia. „Nur die Suchtkranken müssen vor Aufnahme entgiftet sein."

„Genau. In der Psychosomatik hingegen werden unter anderem auch posttraumatische Belastungsstörungen ‚PTBS' behandelt. Das hat mir zumindest der nette Mitarbeiter von der Patientenverwaltung erklärt und gleichzeitig bestätigt, dass ich in der psychosomatischen Abteilung erwartet werde."

„Das Behandlungskonzept in dieser Klinik ist auf zwei Schwerpunkte ausgerichtet. Sehe ich das richtig?", fragte Pia.

„Ja! So ist es."

„Pia", sagte Mell, „ich möchte mich bei dir bedanken."

„Bedanken? Wofür denn?"

„Dafür, dass du in der schlimmsten Zeit zu mir gehalten hast und immer für mich da bist. Ohne deinen Rat, deine Unterstützung und deine Hilfe hätte ich die Trennung von Mike niemals geschafft."

„Ist doch nicht der Rede wert", meinte Pia angenehm berührt.

Wochen später stand Mell aufgewühlt und planlos vor dem Kleiderschrank und ging ihre Garderobe durch.

Das Kofferpacken sorgte allerdings für ein erhöhtes Stress-Level, weil sie sich einfach nicht entscheiden konnte, was sie mitnehmen sollte. Ein echtes Drama!

7

Mell

warf einen prüfenden Blick in alle Räume. Die
Koffer standen fertig gepackt vor der Haustüre.
Der Müll war entsorgt, die Heizung auf ein Mi-
nimum aufgedreht, das Wasser abgestellt, und
die Fenster waren fest verschlossen. Alles in
bester Ordnung.

Die Bäume hatten bereits ihre Blätter abge-
worfen. Das Thermometer deutete auf einen
kalten Wintertag hin. Im Radio wurde gestern
durchgegeben, dass in der Nacht mit starkem
Schneefall zu rechnen sei.

Es war an einem Mittwoch um vier Uhr morgens, als sich Mell hinter das Steuer klemmte
und mit ihrem schwarzen Astra auf den Weg in
die Klinik machte. Sie war auf keinen Stau um
diese Uhrzeit eingestellt, aber der vorausge-
sagte Schneefall sorgte für ein absolutes Ver-
kehrschaos. Ihre Konzentration ließ schnell
nach, und es wurde fortwährend anstrengen-
der, den Wagen sicher zu lenken. Unkonzentriert nahm sie die falsche Ausfahrt. Zweimal musste sie wenden, weil sie anschließend

an der richtigen Auffahrt wieder vorbeigefahren war. Mell war total genervt, weil sie befürchtete, sich zu verspäten. Vollkommen erschöpft von der anstrengenden Fahrt fuhr sie mit lauter Musik auf den Klinikparkplatz und war zufrieden, es doch noch pünktlich geschafft zu haben. Ihr Körper schmerzte vom langen Sitzen. Sie steuerte den Wagen auf einen der vielen freien Stellflächen, schaltete das Radio aus und stellte den Motor ab. Erst beim Aussteigen bemerkte sie die aufgestellten Hinweisschilder der entsprechenden Parkbuchten, die für Mitarbeiter, Gäste und Neuaufnahmen gekennzeichnet waren. Sie hatte ihr Auto auf einem für Mitarbeiter vorgesehenen Parkplatz abgestellt. Ihr blieb leider keine Zeit mehr, ihn ordnungsgemäß auf den Platz für Neuzugänge umzusetzen, da sie ein unaufschiebbares Bedürfnis verspürte.

Das Gebäude lag in freier Natur, mitten im Grünen und war schätzungsweise zwanzig Meter von der Parkfläche zurückgesetzt. Auf den ersten Blick wirkte das Haus einladend. Mell blieb einen Moment lang stehen, um das Panorama auf sich wirken zu lassen. Zügig bewegte sie sich auf die Eingangstür zu und blieb vor der Empfangstheke stehen, hinter der eine

Frau untätig auf ihrem Stuhl hin und her rutschte.

„Entschuldigen Sie bitte. Mein Name ist Mell Sofy. Ich soll heute in der psychosomatischen Abteilung stationär aufgenommen werden. Könnten Sie mir bitte sagen, wo ich die Toiletten finde?"

Mell trat ungeduldig von einem auf den anderen Fuß.

Die unfreundliche Frau blickte mit einer Ausdruckslosigkeit auf Mell herab, die ihr Angst und Bange machte. Mit einer kaum erkennbaren Bewegung senkte sie grüßend den Kopf und meinte gereizt:

„Warten Sie gefälligst, bis Sie an der Reihe sind!"

Mell blickte sich um, konnte aber niemanden sehen und vermutete, dass diese Frau in der Vergangenheit ihren Verstand versoffen haben könnte, selbst Patientin hier in der Suchtklinik gewesen war und jetzt am Empfang arbeitet.

„Bitte folgen Sie mir", faselte sie nach einer Weile.

„Kann ich vorher nicht mal schnell auf die Toilette?"

Sie verdrehte die Augen.

„Folgen Sie mir einfach."

Gemeinsam gingen sie auf die große Glastür zu, die sich automatisch öffnete. Darauf war im großen, weißen Schriftzug ‚Medizinische Station' zu lesen. Sie bat Mell auf der Bank gegenüber der großen Glasscheibe Platz zu nehmen. Die Empfangsdame   informierte eine Mitarbeiterin im weißen Kittel über das Eintreffen der ‚Neuaufnahme', indem sie mit dem Finger auf Mell zeigte.

Mit einem Schlüssel, Handschuhen und einem Urinbecher in der Hand bewegte sie sich auf sie zu. Ihr Gesichtsausdruck wirkte gelangweilt.

„Pflegerin Laura", stellte die Schwester sich vor, die gelassen die Toilettentüre aufschloss und diese für Mell aufhielt. Mit einer einladenden Handbewegung sagte sie:

„Bitte, Frau Sofy, gerne nach Ihnen."

Die Frau im Weißkittel schloss nach dem Eintreten die Toilettentür hinter ihnen zu. Als Mell bemerkte, dass sie keine Anstalten machte, sich aus dem kleinen, gefliesten Raum zu entfernen, sagte sie ablehnend:

„Danke, aber den Rest kann ich schon alleine."

„Aber sicher doch", entgegnete die Pflegerin mit funkelnden Augen.

„Hier geht gar nichts alleine. Wir machen bei Neuaufnahmen grundsätzlich eine Sicht-UK."

„Eine was?", wollte Mell wissen.

„Frau Sofy, Sie urinieren in den Becher und ich schaue Ihnen dabei zu, damit wir von vornherein ausschließen können, dass Sie die Urinprobe manipuliert haben. Bekanntlich kennen Alkohol- und Drogenabhängige ja alle Tricks."

Mell merkte, wie sich ihr Puls beschleunigte.

„Sicher, dass Sie noch niemals etwas von Sichturinkontrolle, auch ‚Sicht-UK‘ genannt, gehört haben?", fragte die Pflegerin mit einem unverschämten Grinsen im Gesicht.

Mell schüttelte bestürzt den Kopf.

„Noch nie gehört, denn ich bin weder alkohol- noch drogenabhängig."

„Tja ... das sagen alle. Deshalb sind Sie auch hier, nicht wahr?" meinte Laura ironisch.

„Den Grund meines Aufenthaltes können Sie meinen Unterlagen ..."

Weiter kam Mell mit ihrem Satz nicht. Die Schwester sah genervt an ihr vorbei.

„Strapazieren Sie gefälligst meine Nerven nicht länger als nötig, und machen Sie endlich voran, denn hiernach müssen wir noch ein EKG schreiben und Blut abnehmen. Dann wären wir zumindest für heute mit der pflegerischen Aufnahme fertig."

Mell spürte, wie ihr Atem immer schneller ging. Es kostete sie wahnsinnige Überwindung, vor ihr die Hosen runterzulassen. Pikiert sank sie auf die Toilettenschüssel und versuchte krampfhaft, in das Gefäß zu treffen. Vor lauter Schamgefühl machte sie nicht nur neben den Becher, sondern auch über ihre Hand.

Sehr ungewöhnliche Voruntersuchungen für ‚PTBS-Erkrankungen‘, schoss es ihr durch den Kopf.

„Kann ich danach meinen Pkw umsetzten und endlich mein Gepäck aus dem Wagen holen?", fragte Mell kleinlaut.

„Selbstverständlich. Sollten Sie Medikamente in Ihrem Koffer haben, geben Sie diese bitte umgehend in der ‚Med.-Station‘ ab. Ihren täglichen Bedarf an Tabletten müssen Sie sich dort abholen.

Wenn es Ihre Gehirnzellen noch zulassen, merken Sie sich bitte, dass Sie zukünftig der Bezugsgruppe ‚ADE‘ angehören."

Die überaus rundliche Pflegerin spricht mit mir, als hätte ich keinen Verstand mehr.

Mell betrachtete beinahe boshaft das Gesicht der adipösen Frau.

„Haben die Buchstaben eigentlich eine Bedeutung?", wollte Mell mit gespielter Ernsthaftigkeit wissen.

„Ja, durchaus. Das A steht für Alkohol. Deshalb müssen Sie sich täglich einer Alkoholkontrolle unterziehen. Am Aufzug hängt ein grüner Zettel, der dreimal täglich gewechselt wird, und zwar um sieben Uhr, zwölf Uhr und einundzwanzig Uhr. Die Uhrzeit, wann Ihre Gruppe … Frau Sofy? Wie heißt Ihre Bezugsgruppe noch gleich?", unterbrach sie ihren eigenen Satz.

Mell atmete tief durch. Sie knibbelte an ihren Fingernägeln und schaute Löcher in die Luft.

„Ich weiß es nicht. Sagen Sie es mir, denn ich bin nicht mehr im Vollbesitz meiner geistigen Sinne", antwortete Mell und führte langsam die rechte Hand an ihre Stirn, als müsse sie angestrengt überlegen.

„ABC. Ich gehöre zur Bezugsgruppe ABC."

„ADE. Sie sind in der Gruppe ADE", wurde sie von der Schwester sauer angeranzt. „Vielleicht sollten Sie sich eine Eselsbrücke bauen, wenn Sie sich noch nicht einmal drei Buchstaben merken können! Wo der grüne Zettel mit den Uhrzeiten aushängt und wann er gewechselt wird, habe ich Ihnen bereits gesagt. Wann die Gruppe ‚ADE' zur Alkoholkontrolle antreten muss, können Sie dem dortigen Aushang entnehmen. Haben Sie das jetzt verstanden?"

Mell runzelte ungeduldig die Stirn.

„Ja, ja, habe ich", erwiderte sie gelangweilt.

„Jaja, heißt leck mich am Arsch", vollendete die Schwester die Redewendung.

„Da Sie schon mal hier sind, machen Sie den Alkoholtest jetzt gleich und nehmen danach im Wartebereich, hinten links, in der

‚Med.-Station' Platz, bis Sie von Ihrer Bezugs-
ärztin aufgerufen werden. Sie wird mit Ihnen
das weitere therapeutische Vorgehen besprechen."

„Und die anderen Buchstaben? Haben die
auch eine Bedeutung?"

„Selbstverständlich. Das D steht für Drogen
und das E für Essstörungen."

„Bedeutet das etwa, dass sich meine
Gruppe aus Alkoholikern, Drogenabhängigen
und Essgestörten definiert?"

„Ja, genau."

„Und was ist mit denen, die an ‚PTBS' erkrankt sind?", hakte Mell mit Unverständnis
nach.

„Jetzt machen Sie sich nicht so viele Gedanken an Ihrem ersten Tag. Kommen Sie zunächst mal in Ruhe an", äußerte die Schwester
mit einem Anflug von unerwarteter Freundlichkeit.

„Können Sie sich denn jetzt ‚ADE' merken?"

„Na klar", sagte Mell.

Sie dachte bei ‚ADE' ganz und gar nicht an
diese dämliche Bezugsgruppe, sondern eher
an den Abschiedsgruß **ade**, auf Wiedersehen
und bloß weg hier.

8

Mell

entdeckte zwei freie Plätze in der langen Stuhlreihe. Sie nahm links von einer gutaussehenden Frau Platz, die mit ihren perfekt manikürten
Fingernägeln unentwegt auf die rechte Lehne
ihres Stuhles trommelte. Sie trug silberne Armreifen, die bei jeder Bewegung aneinander kamen und dabei ein klirrendes Geräusch verursachten. Ihr Gesicht war anmutig und das
lange, blonde Haar korrekt frisiert. Obwohl sie
wahrscheinlich die Vierzig überschritten hatte,
war ihre Haut auffallend glatt. Lediglich die tiefen Linien um die Augenpartie ließen ein be-
wegtes Leben vermuten.

Die Fremde begrüßte Mell mit einem freundlichen Lächeln, sodass die kleinen Grübchen
auf ihren Wangen zum Vorschein kamen. Ihr
Mund war schön geformt und ihre Augen-
brauen waren zu einem weichen, abgerunde-
ten Bogen gezupft. Passend zu ihren wachen,
smaragdgrünen Augen kaschierte sie gekonnt
ihren mageren Körper mit einem vorteilhaften
Outfit.
Was sie wohl hierher verschlagen hat?

So als könnte die Fremde Gedanken lesen, erzählte sie Mell unaufgefordert, dass sie wegen Alkohol-, Drogenkonsum und pathologischem Glücksspiel, im Volksmund auch Spielsucht genannt, für fünfzehn Wochen hier ausharren muss.

„Was? So lange? Das hätte ich jetzt aber nicht gedacht", stellte Mell überrascht fest.

„Vielleicht sogar noch länger. Es kommt ganz darauf an, wie sich die Dinge hier entwickeln."

Irritiert sah Mell sie an.

Instinktiv spürte sie die prüfenden Blicke der anderen Patienten auf sich, die ebenfalls in der langen Stuhlreihe saßen. Nachdem Mell jeden Einzelnen von ihnen flüchtig in Augenschein genommen hatte, blieb ihr Blick an einem ziemlich abgewrackten Typen, mit langem Bart und schmierigen Haaren, der sich zielstrebig auf sie zubewegte, haften. Unaufgefordert setzte er sich auf den einzigen freien Stuhl, neben Mell und beugte sich etwas nach vorne. Mell blickte absichtlich in die andere Richtung. Dieser Typ hatte ohne Zweifel noch niemals etwas von dem Element Wasser gehört. Sie konnte den Geruch von Essen, der in seinen Klamotten steckte, riechen. Sie fühlte sich von dem unangenehmen Gestank abgestoßen, und sie spürte, wie ihr Herz bis zum Hals schlug und sich die Haare auf ihren Armen vor Ekel aufrichteten. Sie versuchte, das beklemmende Gefühl zu unterdrücken, dass es tatsächlich ein großer Fehler war, sich freiwillig für einen Aufenthalt in dieser Klinik entschieden zu haben.

„Guten Tag, mein Name ist Kevin Kroke. Welcher Bezugsgruppe gehört Ihr denn an?", fragte er neugierig.

„Keiner Gruppe", antwortete die Blondine lautstark.

Ein bisschen zu heftig, fand Mell.

„Wie kannst du es überhaupt wagen, uns von der Seite anzusprechen."

„Ich wage es, weil wir alle im gleichen Boot sitzen", konterte er unbeeindruckt.

Die Schöne drehte sofort ihren Kopf weg.

Kevin wandte ebenfalls den Blick von ihr ab, rieb sich den ungepflegten Bart und schaute Mell dabei eindringlich an.

„Ich gehöre …"

Sie wollte ihm eigentlich gar nicht antworten.

„Ich gehöre zur Bezugsgruppe ADE".

Er schmunzelte bei ihrer Antwort, und sie konnte sein nettes Lächeln, das sie überraschte, nicht einordnen, denn so einem ungepflegten Kerl war sie noch niemals begegnet – aber dennoch … er hatte etwas, was sie reizte.

„Meine Freunde nennen mich Kevko."

„Ich bin Mell. Schön, dich kennen zu lernen", sagte sie aus reiner Höflichkeit.

Während sie bereits eine Ewigkeit im Wartebereich ausgeharrt hatte, konnte sie das rege Treiben aufmerksam beobachten und diverse Gesprächsinhalte von anderen Patienten auffangen.

Eine Traube von Menschen hatte sich zwischenzeitlich vor der Glasscheibe der ‚Med.-Station' und vor der Toilettentüre gebildet.

„Die sind doch total bescheuert hier", hörte sie einen Mann laut fluchen. „Ich soll innerhalb von fünfzehn Minuten Urin abgeben und kann nicht pinkeln, obwohl ich schon zwei Liter Wasser getrunken habe. Und der widerlich schmeckende Tee macht es auch nicht einfacher."

Mell erfuhr vom Stadtstreicher, so nannte sie Kevin insgeheim, dass die, die zur Sicht-UK aufgefordert worden waren, vom Pflegepersonal zusätzlich mit großen Mengen Blasen- und Nierentee versorgt werden, da die meisten auf Kommando keinen Urin lassen konnten. Die anderen, die mit dem Röhrchen in der Hand bereits eine lange Schlange vor dem ‚Med.-Bereich' gebildet hatten, mussten sich einer der drei zuvor erwähnten Alkoholkontrollen unterziehen.

Das im Wechsel vorbeihuschende Pflege-personal, dessen Schuhe auf dem gewachsten Bodenbelag quietschten, sorgte für noch mehr Unruhe. Mit vollbepackten Speisetabletts eilten sie an der langen Stuhlreihe vorbei und ver-schwanden hinter den verschlossenen Türen am Ende des Flures.

Erneut trommelte die Schöne mit ihren lan-gen Fingernägeln gegen die Stuhllehne und verursachte dabei Geräusche mit den Armrei-fen. Mell konnte die innere Anspannung, die von ihr ausging, förmlich spüren.

„Die Belegschaft hat aber einen gesegneten Appetit", äußerte Mell beiläufig zu dem Abge-wrackten.

„Das Essen ist für die Speziellen."

„Ach, Privatpatienten werden hier auch be-handelt?", fragte Mell zaghaft, entschlossen, ein halbwegs normales Gespräch mit Kevko zu führen.

„Von wegen! Hinter den verschlossenen Tü-ren befindet sich das ‚Aquarium', antwortete er mit anziehender Stimme.

„Aquarium?"

Sie hatte eine bissige Bemerkung auf der Zunge, aber sie hielt sich zurück. Noch so ei-ner, der wahrscheinlich seinen Verstand ver-soffen hatte, kombinierte Mell bei der beknack-ten Antwort des ‚Stadtstreichers'.

„Im Aquarium werden alkohol- und drogenabhängige Patienten, die rückfällig geworden sind, für zunächst vierundzwanzig Stunden vom Personal medizinisch betreut und überwacht. Ein Patient hat diese Überwachungsstation im Vollrausch ‚Aquarium' genannt, weil man vom Schwesternzimmer aus durch ein Panoramafenster alles im Blick hat."

Während Mell auf die Psychologin wartete und seinen Worten lauschte, breitete sich immer mehr das Gefühl in ihr aus, hier fehl am Platz zu sein.

„Frau Sofy!", hörte sie erleichtert ihren Namen.

Warum die Schöne ebenfalls vom Stuhl aufstand, als der Name „Sofy" aufgerufen wurde, lag wohl daran, dass sie sich ihren nur aus Knochen bestehenden Popo platt gesessen hatte, erklärte sich Mell die Reaktion.

Endlich wurde sie von der angekündigten Bezugstherapeutin in Empfang genommen und in ein hell durchflutetes Büro geführt, das sehr geschmackvoll eingerichtet war. Der uralte Schreibtisch war mit einem Flachbildschirm, einer Maus und einer Tastatur bestückt. An einer Wand hingen veraltete Bilder des Klinikgebäudes von Anno Dazumal.

„Bitte, nehmen Sie doch Platz."

Mell setzte sich ihr gegenüber.

„Mein Name ist Gisela Melcher. Ich bin Ihre zukünftige Bezugstherapeutin", begrüßte sie Mell. „Herzlich willkommen und gutes Ankommen. Bei Fragen oder anderen Belangen können Sie sich jederzeit vertrauensvoll an mich wenden."

Ihr Blick war eindringlich und Mell fühlte sich dabei unbehaglich.

Du hübsches, brünettes, sexy Ding, dachte die Melcher und lächelte in sich hinein.

Die Therapeutin war eine kleine, zierliche Person. Ihre Füße steckten in hautfarbenen Pumps, die ihre Beine traumhaft lang und schlank aussehen ließen. Einfach hammermäßig. Allerdings trug sie ein übertriebenes und unpassendes Make-up zu ihrer Augenfarbe. Die war so blau und kalt wie die tiefste Stelle im Ozean. Sie strahlten weder Wärme, noch Lebensfreude aus. Mell fragte sich insgeheim, woher dieser Eindruck einer Bedrohung rührte, der sich beim Betrachten dieser Frau in ihr ausbreitete. Die asymmetrische Frisur, welche die rechte Gesichtshälfte komplett verdeckte, war ein absolutes No-Go in der heutigen Zeit.

„Frau Sofy, welche Suchterkrankungen haben Sie zu uns geführt?"

„Die Suchterkrankung ‚PTBS'."

Sie wollte witzig klingen. Sie wusste ganz genau, dass „posttraumatische Belastungsstörung" absolut gar nichts mit Sucht zu tun hatte.

Die Therapeutin überhörte Mells Spitze geschickt.

„Und?"

„Und was?"

„Doch nicht nur, oder?", hakte sie streng nach.

Mell suchte betroffen nach Worten. Sie war fest entschlossen, endlich ihren aufgestauten Unmut herauszulassen.

„Ich ... ich bin ... hier, da ich ...", stammelte sie.

„Trinken Sie Alkohol?"

„Ab und zu ein Glas Rotwein, verordnet von meiner Hausärztin. Wer mäßig Wein trinkt, hat ein reduziertes Risiko, eine Herz-, Kreislauf-Erkrankung zu bekommen als ein Abstinenzler. Das müssten Sie doch am besten wissen", meinte Mell aufsässig.

Frau Melcher reagierte wieder nicht auf ihre Gereiztheit.

„Alkoholabhängigkeit oder -missbrauch?"

„Wie bitte? Weder das eine, noch das andere."

Für eine Sekunde war Mell tatsächlich versucht, irgendetwas vom Schreibtisch mit voller

Wucht gegen die Wand zu schmeißen, aber sie hielt sich zurück.

„Und wie sieht Ihr Essverhalten aus?"

„Gesund und ausgewogen."

„Brechen Sie danach?"

„Nein, natürlich nicht! Sehe ich etwa so aus?"

Mell war entsetzt.

„Warum will das hier niemand begreifen! Ich bin wegen einer psychosomatischen Erkrankung hier. Sicherlich gab es in letzter Zeit mehrfach Situationen, da habe ich ein Glas Wein zu viel getrunken, aber deshalb bin ich noch lange keine Alkoholikerin."

Die Psychologin blätterte die Unterlagen vor und zurück, die vor ihr auf dem Schreibtisch lagen.

„In Ihrer Akte steht aber etwas ganz anderes."

Statt auf Mells Einwand näher einzugehen, zuckte sie nur mit den Schultern und sagte:

„Ich werde Sie in die Gruppe ‚Essstörungen überwinden' einbuchen."

Mell starrte sie an, ihre Augen waren schmal vor Wut.

„Was wollen Sie durch die Therapie erreichen? Haben Sie ein Behandlungsziel? Wenn ja, welches?", stellte die Therapeutin ihre Fragen ohne Luft zu holen.

Mell war total überfordert und konnte keine passenden Antworten geben. Die panische Angst, in der falschen Klinik aufgenommen worden zu sein, lähmte ihre Gedanken und das Gefühl der Verzweiflung verstärkte sich zunehmend.

Nach diesem unsinnigen Gespräch durfte Mell zunächst zu ihrem Fahrzeug. Sie nahm die beiden Taschen aus dem Kofferraum und ging, ihren Koffer auf Rollen hinter sich herziehend, den gepflasterten Weg entlang. Die Gepäckstücke wurden ihr sofort abgenommen und zunächst in einem gesonderten Raum zu Kontrollzwecken zwischengelagert.

Die Empfangsdame zeigte Mell ihr Zimmer. An der Türe mit der Nummer 122 demonstrierte sie die Benutzung der elektronischen Schlüsselkarte, als wäre es etwas Besonderes.

„Es muss erst piepen, bevor Sie den Türgriff drücken", erwähnte sie bei jedem fehlgeschlagenen Versuch. „Absolutes Handyverbot während der Therapieeinheiten, kein Internet, kein Radio, kein TV-Gerät. Alles das, was ‚triggern' könnte, ist strikt verboten", machte sie Mell hektisch auf die Zimmer- und Hausordnung aufmerksam.

„Bin ich hier im Gefängnis oder in einer Klinik? Und was ist denn um Himmels willen ‚triggern'?", unterbrach Mell sie in ihrem langweiligen Redeschwall.

„Lassen Sie sich das mal von ihrer Bezugstherapeutin erklären."

Mell wurde zu guter Letzt noch über die Essens- und Nachtruhezeiten, über den Umgang mit Rückfällen, Fallkonferenzen, über die Probezeit, Heimfahrten und Besuchszeiten eingehend aufgeklärt.

„Alle Klinikzimmer verfügen über einen kleinen Balkon und sind lichtdurchflutet, ausgenommen Ihre Unterkunft", erklärte die Empfangsdame mitfühlend. „Die Lichtquelle wird leider von einer fünfhundert Jahre alten Buche, die vor Ihrem Fenster steht, geschluckt."

„Oh mein Gott! Wie gut, dass ich nicht an Klaustrophobie leide", flüsterte Mell entsetzt, als sie ihr Zimmer betrat. Sie benötigte gerade mal zehn Schritte, um den kompletten Raum zu durchqueren.

Die Zimmertür fiel laut ins Schloss. Die Empfangsdame hatte den Raum verlassen.

Mells vorübergehendes Domizil war zweckmäßig eingerichtet. Der kleine Raum wurde von einem Einbauschrank, einem Schreibtisch mit höhenverstellbarem Stuhl und von einem viel zu großen Bett mit großzügigem Bettkasten ausgefüllt. Der Schreibtischstuhl rollte quietschend über den Laminatboden. Das Badezimmer, quadratisch, Waschbecken, Hänge-WC und Duschkabine, ohne Fenster war ein weiteres Sorgenkind für Mell.

Nach so viel überflüssigem Input brummte ihr der Schädel, und sie war erleichtert, als sie endlich alleine war. Das Fenster und die Balkontüre waren verriegelt, weil der Winter bereits zu spüren war. Sie schaute aus dem Fenster und sah, dass es erneut geschneit hatte. In ihr regte sich das Gefühl, in dem Zimmer zu ersticken. Der Wunsch nach frischer Luft war so stark, dass sie die Balkontüre, trotz Kälte, aufreißen musste.

Jemand hämmerte an der Zimmertür.

„Frau Sofy?"

Die elektronische Schlüsselkarte wurde benutzt, und mit dem Piepen stand die seltsame Melcher im Türrahmen.

„Sie haben doch nichts dagegen, wenn ich hereinkomme?"

Ohne eine Antwort abzuwarten, betrat sie den Raum und stellte Mells Koffer am Fußende des Bettes ab.

„Frau Sofy, ich habe Ihre Akte noch mal überflogen und gelesen, dass Sie unkontrolliert

Alkohol konsumieren, spielsüchtig und an einer Essstörung erkrankt sind."

„Das stimmt aber nicht!", schrie Mell hitzig.

„Warum will keiner kapieren, dass ich mit Alkohol kein Problem habe und ausschließlich wegen ‚PTBS' hier bin?"

Zwischenzeitlich war sie an ihre Grenzen gelangt und wollte einfach nur noch in Ruhe gelassen werden, denn das Gelaber über die „Alkoholabhängigkeit" ging ihr inzwischen tierisch auf den Wecker. Die Bezugstherapeutin reagierte auf Mells Zorn tolerant und arbeitete ihren Fragenkatalog monoton ab.

„Frau Sofy, wie viel Bargeld haben Sie dabei?"

„Warum interessiert Sie das denn schon wieder?"

„Wir sind eine Fachklinik für Abhängigkeitserkrankungen. Wir therapieren Alkohol-, Medikamenten- und illegalen Drogenmissbrauch. Aus diesem Grunde halten wir auch Ihre Medikamente unter Verschluss, die Sie sich täglich zu bestimmten Zeiten abholen können. So kommen Sie erst gar nicht in die Versuchung, drogen- oder medikamentenabhängige Mitpatienten mit Ihren Tabletten zu versorgen."

„Das leuchtet mir ein", gab Mell wahrheitsgemäß von sich.

„Wir therapieren außerdem depressive Störungen, Burnout, Belastungs-, Anpassungsstörungen und sogar pathologisches Glücksspiel."

„Sagten Sie gerade posttraumatische Belastungsstörungen? Genau aus diesem Grund bin ich doch hier", rief sie ihre Erkrankung noch einmal ins Gedächtnis. ·

„Dazu kommen wir später. Also, wie viel?"

„Fünfhundert Euro."

„Wie viel Geld brauchen Sie in der Woche?"

„Keine Ahnung. Sagen Sie es mir", knurrte Mell vor sich hin.

„Bedenken Sie bitte, dass Sie die ersten acht Tage das Klinikgelände nur mit ihrem zugewiesenen Paten verlassen dürfen. Er ist zwar ein junger, aber behandlungsälterer Patient. Joe Meck wird Sie heute gegen zwölf Uhr am Empfang zum Mittagessen abholen, anschließend im Haus herumführen, damit Sie eine bessere Orientierung bekommen und Ihnen sicherlich wertvolle Tipps geben können, die Ihren Aufenthalt hier bei uns erleichtern werden."

„Super, wenn ich das Klinikgebäude nicht verlassen darf, wo zum Teufel sollte ich dann mein Geld lassen, außer, es vielleicht zu verschenken?", gab Mell bissig von sich.

„Frau Sofy, vergessen Sie nicht, dass Sie aus freiwilligen Stücken hier sind, um sich behandeln zu lassen", wies Frau Melcher ihre neue Patientin jetzt in die Schranken.

Mell schaute aus dem Fenster, so als würde sie etwas Interessantes beobachten.

„Also, Frau Sofy, können wir uns auf einen bestimmten Betrag einigen, den Sie sich wöchentlich an der Kasse abholen können?"

„Ja."

„Und wie sieht es mit Kreditkarten aus?"

Da Mell diese Frage im Zusammenhang mit ihrer Erkrankung nicht verstand, antwortete sie auch nicht wahrheitsgemäß.

„Nein, Kreditkarten habe ich keine dabei."

Mell hatte sich mit ihrer Bezugstherapeutin auf einen wöchentlichen Betrag von fünfzig Euro geeinigt. Das restliche Bargeld musste sie an der Kasse, neben dem Empfang, einzahlen. Im Gegenzug bekam sie ein Din-A4 Blatt mit verschiedenen Spalten ausgehändigt, das sogenannte Ausgabenprotokoll, um peinlichst genau Buch über ihre Ausgaben zu führen, die mit entsprechenden Quittungen zu belegen waren.

Ihr wurde strikt untersagt, Geld zu verleihen, zu verschenken oder jemandem mit Geld auszuhelfen, was wiederum absolutes Unverständnis bei Mell auslöste.

„Ach, noch was, Frau Sofy. Bei der Koffer-
kontrolle haben wir Yes Törtchen und Trauben-
Nussschokolade gefunden. In Zukunft sollten
Sie besser darauf achten, Süßigkeiten ohne Al-
koholanteil zu kaufen. Den Kuchen, das Desin-
fektionsmittel mit 68 % Alkohol sowie das
Mundwasser und die Zahnpasta bekommen
Sie am Ende der Therapie wieder zurück“,
teilte die Bezugstherapeutin mit.

„Aber ...“

„Jetzt sollten Sie erst einmal in Ruhe auspacken und ankommen.“

Ankommen, alle reden hier von ankommen,
dabei bin ich doch schon längst da und würde
am liebsten auch gleich wieder abreisen. Ade,
ade ... auf Nimmerwiedersehen, scheiß auf die
Kostenzusage vom Rentenversicherungsträger, scheiß auf die Klinik.

„Bitte nehmen Sie es mit der Führung des
Ausgabenprotokolls ernst, das man Ihnen ausgehändigt hat. Sollten Sie eine Ausgabe nicht
belegen können, gehen wir erst einmal davon
aus, dass sie einem Spieler Geld geliehen oder
sogar selbst gespielt haben. Für beides gilt
Therapieabbruch“, erklärte sie freundlich.

Frau Melcher ging Richtung Tür und legte
die Hand auf die Klinke.

„Therapieabbruch auf eigene Kosten natürlich. Ich wünsche Ihnen viel Erfolg und guten
Appetit."

Sie trat hinaus auf den Gang, die Tür fiel laut
ins Schloss. Endlich alleine.

Mell setzte sich auf das Bett. Sie stützte die
Ellenbogen auf ihre Knie und vergrub das Gesicht in den Händen. In dieser Stellung verweilte sie eine Weile. Sie wollte nur noch nach
Hause.

Die Gewissheit, bei Abbruch der Reha die
Kosten aus eigener Tasche zahlen zu müssen,
ließ sie ihre Koffer auspacken. Dabei stellte sie
enttäuscht fest, dass sie einen Großteil ihrer
bequemen Sportsachen nicht eingepackt
hatte.

Sie beschloss, bei nächster Gelegenheit
einkaufen zu gehen.

9

Zwölf

Uhr schon fast vorbei, und vom angekündigten Paten war immer noch nichts zu sehen. Außer der Rezeptionistin, die hinter der Empfangstheke wild auf ihrer Tastatur hämmerte, entdeckte Mell lediglich die Schöne, die gutgelaunt durch die große Eingangstür direkt auf sie zukam.

„Hallo, du bist doch Mell Sofy, oder?"

Mell blickte die Frau, die im Wartebereich neben ihr gesessen hatte, zunächst verwirrt an und nickte.

„Ja, die bin ich. Aber woher kennst du meinen Namen?"

„Ich bin …"

Bevor sie weitersprach, sah sie sich verstohlen um, um sicher zu gehen, dass niemand zuhört.

„Mein Name ist Mel Sofi, eingeschleust und getarnt als Suchtkranke."

Mell zog die Stirn kraus.

„Wie, getarnt?"

„Ich trinke nicht, ich nehme keine Drogen und spiele auch nicht. Ich bin als Privatdetektivin hier und weiß so ziemlich alles über dich."

„Wie bitte?"

Mell starrte sie ungläubig an.

„Du hast …"

Die Schöne stockte und musterte Mell eingehend.

„Du hast deinen Mann verlassen, weil er dich schlecht behandelt und geschlagen …"

Mell sah voller schmerzlicher Erinnerungen erschrocken hoch und kämpfte gegen die Übelkeit an, als sie an die Misshandlungen und Mikes letzte Worte dachte, bevor die Polizei ihn in Handschellen abgeführt hatte.

Du wirst mich niemals verlassen, du gehörst mir, hatte er gebrüllt und sein hasserfüllter Gesichtsausdruck ließ keinen Zweifel daran, dass er es ernst gemeint hatte.

„Ich will nichts davon hören", sagte Mell panisch und schaute sich ebenfalls misstrauisch um. Diese Worte waren wie ein Boxhieb in ihre Magengrube.

Der Schönen blieb nicht verborgen, wie es hinter Mells Schläfen pochte, und ihr Körper zu einer Salzsäule erstarrte.

„Okay, vielleicht möchtest du gar nicht darüber reden."

Wütend verschränkte Mell die Arme vor der Brust.

„Du hast recht, darüber möchte ich nicht reden, und ich möchte auch an diese Zeit nicht erinnert werden", entgegnete sie hart.

„Ich brauche Informationen über Michael Jella. Er ist in deiner Bezugsgruppe."

„So, ist er das?"

Mell sah die Schöne verwundert an.

„Wie heißt du nochmal?"

Sie hatte sich ihr zwar vorgestellt, aber Mell hatte nicht hingehört, weil sie überrascht war, dass diese Unbekannte Kenntnisse über ihr Privatleben hatte.

„Mein Name ist Mel Sofi. **M**artha, **E**mil, **L**udwig **S**amuel, **O**tto, **F**riedrich, **I**da."

„Du willst mich verarschen, oder?"

„Nein, ich heiße wirklich Mel Sofi."

Jetzt wurde Mell schlagartig klar, warum sie ebenfalls aufgestanden war, als die Psychologin den Namen „Sofi(y)" aufgerufen hatte.

„Wurden dir von vornherein fünfzehn Wochen bewilligt?", wollte Mell von der Schönen wissen.

„Nein. Erst als sich mein Detektivbüro eingeschaltet hat."

Aha. Es liegt ganz klar auf der Hand – die haben uns verwechselt.

Mell versuchte, ihr Unwohlsein zu unterdrücken.

„Heute ist Mittwoch. Neuankömmlinge dürfen in den ersten acht Tagen weder das Klinikgelände verlassen noch über das Wochenende wegbleiben. Was hältst du davon, wenn wir uns am Samstag, nach dem Mittagessen treffen?", fragte die Schöne.

„Wo sollen wir denn hingehen?"

„In den Park. So gegen vierzehn Uhr? Treffpunkt hier am Empfang?"

Ohne eine Antwort abzuwarten, drehte sie sich auf dem Absatz um und ging in den Speisesaal.

Mell überkam eine Panikattacke nach der anderen. Bei dem Gedanken, dass man sie für die andere Mel Sofi hielt, begann ihr Herz zu rasen, und ihr Magen zog sich wieder zusammen.

Deshalb auch die Teilnahme an dem Kurs ‚Essstörungen überwinden', die Urin- und Alkoholkontrolle.

Ein junger Mann kam gelangweilt auf sie zu.

„Bist du Mell?", fragte er.

Sie nickte und schmunzelte beim Anblick dieses jungen Mannes.

„Ich bin Joe Meck, dein Pate."

Er wirkte auffallend feminin. Seine blonden Haare lockten sich um sein rundes, kindliches Gesicht. Optisch war er ein charmanter Schönling, gepflegt, aber viel zu riskant gekleidet, außer man mochte junge Männer in Lederkleidung. Die großen, braunen Knopfaugen blickten unschuldig, so als könne er kein Wässerchen trüben.

„Ich soll dich zum Mittagessen abholen. Beeilen wir uns. Wir sind schon spät dran", knurrte er.

Vor der Türe hörte Mell bereits zwischen klirrendem Porzellan und Besteck reges Stimmengewirr. Auch im Speisesaal wurde sie neugierig betrachtet. Sie war überrascht, dass sie weder in aufgedunsene, noch von Drogen gezeichnete Gesichter schaute, mit denen sie den Aufenthalt in einer Suchtklinik assoziierte.

An den für die Gruppe ‚ADE' fest eingeteilten Tisch schüttelte Mell einem weiteren Mitpatienten die Hand. Als er ihre Hand mit seinen vernarbten Fingern fast zerdrückte, überkam sie ein ungutes Gefühl. Nicht nur, dass sie deformiert waren, er knackte auch noch mit den Fingerknöcheln. Diese schlechte Angewohnheit trieb sie jetzt schon in den Wahnsinn. Mell konnte ihn nicht ausstehen.

„Isch bin Sven Vall", stellte er sich vor.

Er war klein und korpulent, hatte seinen Kopf kahlrasiert und trug ein Basecap. In seinem von Hass erfüllten Gesicht blickten zwei eiskalte, glasige, braune Augen über den Rand einer aus der Mode gekommenen Brille. Er wirkte auf Mell einschüchternd, niveau- und rücksichtslos.

„Mein Name ist Mell Sofy."

Offensichtlich trug Sven die Kopfbedeckung nicht freiwillig. Das rechte Ohr war wie weggeschmolzen. Die Haut der linken Gesichtshälfte war trocken und lederartig.

Mit seiner Kappe erinnerte er Mell an einen in der Öffentlichkeit stehenden Mann, der seine Brandnarben auch mit einer Kopfbedeckung kaschierte.

10

Mell

schlug die Bettdecke zurück, kroch darunter und drückte auf den Lichtschalter. Die Gedanken an den zurückliegenden Tag ließen sie an diesem ersten Abend einfach nicht zur Ruhe kommen. Vom Nebenzimmer hörte sie unbekannte Stimmen und laute Geräusche. Mitten in der Nacht wachte sie in dem fremden Bett mehrfach auf, ihr brummte der Schädel, und sie dachte über die vielen Vorschriften nach, die sie befolgen sollte, über die geheimnisvolle Namensschwester, die eine Menge von ihr wusste und ihr Informationen über einen angeblichen Mitpatienten entlocken wollte.

Mell öffnete langsam ihre Augen. Im Halbschlaf drückte sie den kleinen Knopf an ihrer Armbanduhr. Schon 06:30 Uhr erkannte sie auf dem Display.

Ihr knurrte der Magen. Sie war hungrig und zudem todmüde aufgestanden, um dann auch noch feststellen zu müssen, dass der klinikeigene Handseifenspender im Badezimmer leer war.

Mell setzte sich neben Joe an den Frühstückstisch und bat ihn freundlich, sie zum nahegelegenen Einkaufszentrum (EKZ) zu begleiten, er lehnte jedoch energisch ab.

„Joe, du weißt genau, dass du dein Patenkind überall hinbegleiten musst. Das ist Vorschrift."

Sie erkannte sofort Kevins sympathische Stimme, der für sie Partei ergriffen hatte, und fühlte sich dem Schönling gegenüber nicht mehr so ausgeliefert.

Es überkam sie stattdessen eine seltsame Leichtigkeit, und sie überlegte, warum sie sich insgeheim darüber freute, dass ausgerechnet Kevin sich für sie stark gemacht hatte.

Als sie sich langsam zu ihm umdrehte, fiel ihr auf, dass er über Nacht Opfer eines Verwandlungskünstlers geworden war. Seine Haare waren kurz geschnitten und sein Bart abrasiert. Ohne Barthaare kamen die markanten Wangenknochen zum Vorschein und die kleinen Linien rund um seine Mundwinkel verrieten, dass er gern und oft gelacht haben musste. Genauso wie gestern, als sie ihm ihre Bezugsgruppe verraten hatte. Sie schaute in wache, klare, blaue Augen, umrandet von langen Wimpern und dachte, dass ihr noch niemals ein Mann begegnet war, der so ungewöhnlich blaue Augen hatte, die vor Wärme nur so strotzten. Kevin lächelte sie an. Er war ein verdammt attraktiver Mann, der, wie man so schön zu sagen pflegte, an jeder Hand mehrere Frauen haben könnte. Er sah gut aus, richtig gut.

Mell war sich sicher, dass er bereits vergeben war. So einen Mann würde doch keine Frau, die Verstand hatte, von der Bettkante schubsen; auch sie nicht.

Mells Kopf leuchtete wie eine Tomate, als Kevin sich neben sie setzte.

Bevor er erneut seine Worte an Joe richtete, legte er kurz seine Hand auf ihren Arm. Die Berührung sorgte für eine prickelnde Wärme, die durch ihren Körper strömte.

„Joe, wenn du dich weigerst, wirst du gewaltigen Ärger bekommen."

„Ich bin mir meiner Pflichten als Pate durchaus bewusst. Ärger bekomme ich aber nur, wenn mich jemand in die Pfanne haut", muckte Joe auf und schaute dabei Mell mit düsterer Miene an. „Ehrlich gesagt, habe ich keinen Bock, mit der einzigen Frau aus unserer Gruppe, durch das Einkaufszentrum zu latschen. Das mache ich nicht."

Da lag also der Hase im Pfeffer begraben. Der Kleine hat ein Problem mit Frauen, ging es Mell durch den Kopf.

Mell biss in die zweite Brötchenhälfte, trank in Windeseile ihren Kaffee aus, der leider für keine bessere Stimmung gesorgt hatte. Wortlos stand sie vom Tisch auf und lief wütend auf ihr Zimmer. Sie rieb ihre Stirn, um ihre stechenden Kopfschmerzen einzudämmen und riss die Balkontür auf. Die frische Luft tat ihr gut. Obwohl der alte Baumbestand vor ihrem Fenster für die Dunkelheit in ihrem Zimmer verantwortlich war, mochte sie diesen Platz auf einmal, da sie von hier aus ungesehen ausnahmslos jeden beobachten konnte. Sie hatte eine hervorragende Aussicht.

Am offenen Fenster stehend atmete Mell die frische Luft tief ein und wieder aus. Sie hörte Stimmen. Mell ließ ihren Blick über das Klinikgelände schweifen, aber niemand war zu sehen. Sie hörte jedes Wort klar und deutlich, das unter ihrem Fenster, hinter der alten Buche gesprochen wurde und war entsetzt.

„Und sie heißt wirklich Mel(l) Sofi(y)? Bist du dir da ganz sicher, dass ich mich um sie kümmern soll?", fragte die männliche Stimme.

„Ja, doch. Hör bloß auf, an mir zu zweifeln, und lass uns endlich zur Sache kommen", zischte die Melcher verärgert.

Dann wieder die männliche Stimme, die Mell noch niemals zuvor gehört hatte.

„Mit dem allergrößten Vergnügen. Es macht mir überhaupt nichts aus, ihr schönes Gesicht zu zerstören, ganz im Gegenteil."

„Es ist mir egal, ob es dir Vergnügen bereitet oder nicht. Mach es einfach, schließlich habe ich dir eine hohe Summe dafür bezahlt, dass du sie dir vornimmst", keifte sie ihn an.

Mells Herz geriet aus dem Takt, denn es klopfte stärker und schneller als sonst. Sie versuchte zu realisieren, was sie gerade belauscht hatte.

„Ach du Scheiße!", kam es ihr leise über die Lippen und machte einen Schritt zurück, um unentdeckt zu bleiben. Mell beobachtete eine Gestalt, die in Richtung Parkplatz lief. Der Fremde war groß, breitschultrig, vermummt in einer Kapuzenjacke, sodass Mell ihn nicht erkennen konnte, im Abstand gefolgt von Gisela Melcher.

In Gedanken an das unfreiwillig aufgeschnappte Gespräch schritt Mell durch das Foyer Richtung Ausgang. Sie wurde von der Empfangsdame zurückgehalten.

„Frau Sofy, erst austragen!"

Mit einer kurzen Handbewegung zeigte sie auf das schwarze Buch, das auf dem Pult vor dem Ausgang auslag. Bedenkenlos trug Mell sich in die Liste mit Namen, Zimmer-Nr. und entsprechender Uhrzeit ein. Sie marschierte zum EKZ und erledigte unkonzentriert ihre geplanten Einkäufe.

Ungewollt kehrten ihre Gedanken immer wieder zu dem belauschten Gespräch zurück. Im Weitergehen schaute sie sich ständig um. Sie befürchtete, verfolgt zu werden. Die Angst, die dadurch bei ihr ausgelöst wurde, nahm ungewollt Besitz von ihr. Sie dachte kurz darüber nach, ob sie ihre Schwester anrufen sollte, bevor sie die für Handys verbotene Zone wieder betreten würde. Instinktiv holte sie es aus ihrer Handtasche und wählte Pias Nummer.

„Mist, nur die Mailbox", fluchte sie und steckte es in ihre Jackentasche. Nach weniger als zwanzig Sekunden holte sie das klingelnde Handy wieder hervor.

„Schwesterherz! Was ist los? Ist was passiert?"

„Nein, aber ich wusste nicht, mit wem ich sonst reden sollte", sagte Mell aufgeregt.

„Ist doch alles gut. Entspann dich. Was hast du auf dem Herzen?", versuchte Pia ihre aufgeregte Schwester zu beruhigen.

Mell schnappte erregt nach Luft.

„Pia, du kannst es dir nicht vorstellen, aber hier ist es wie im Gefängnis. Die sind total übergeschnappt. Über jeden Schritt und Tritt muss ich Rechenschaft ablegen. Die Mitpatienten

aus meiner Gruppe sind ganz schön durchge-
knallt. Joe, mein Pate, schämt sich mit mir gesehen zu werden. Sven, mit dem kahlrasierten
Schädel, macht mir Angst und Kevin ..."

Mell kam ins Stocken.

„Kevin?", wiederholte Pia neugierig.

Eigentlich wäre es nicht schlimm gewesen
mit ihrer Schwester über Kevin zu sprechen.
Aber sie wusste genau, dass es neugierige
Nachfragen hageln würde, wenn sie zugab,
dass sie ihn nicht nur nett findet.

„Erinnerst du dich noch daran, dass ich mit
der Klinik Kontakt aufgenommen hatte, wegen
der fünfzehn Wochen und der Suchtmittelabstinenz?", wechselte sie das Thema.

„Na klar. Ist das denn immer noch nicht geklärt?"

„Offensichtlich nicht. Dafür gibt es aber inzwischen eine plausible Erklärung. Die andere
ist die Wurzel allen Übels. Sie ist der Grund,
warum keiner der Therapeuten auf meinen Einwand, weder drogen- noch alkoholabhängig zu
sein, reagiert."

„Bist du jetzt völlig übergeschnappt?
Nimmst du etwa auch Drogen?", scherzte Pia.

"Hier gibt es eine Mitpatientin, jetzt halte
dich fest, mit Namen Mel Sofi. **M**artha, **E**mil,
Ludwig **S**amuel, **O**tto, **F**riedrich, **I**da.

„Ist nicht wahr. Du spinnst doch."

„Du hast richtig gehört. Eine Namensvetterin.

Sie gibt nur vor, spielsüchtig, drogen- und alkoholabhängig zu sein. Da die Therapeuten mich für sie halten, soll ich an ihrer Stelle an den Alkoholkontrollen und an dem Kurs für Essgestörte teilnehmen, obwohl ich weder alkoholkrank noch essgestört bin."

„Ist die andere denn dünn?"

„Dünn? Dünn ist gar kein Ausdruck. Diese spindeldürre Person ist nur ein Strich in der Landschaft."

„Bist du ganz sicher, dass sie auch Mel(l) Sofi(y) heißt?"

„Ja doch!"

„Sag bloß nicht, die haben euch verwechselt."

„Mensch Pia! Stehst du auf der Leitung? Das versuche ich dir, die ganze Zeit zu erklären."

„Ist ja hochinteressant."

„Mel hat sich für Samstag mit mir verabredet und will Informationen über jemanden aus meiner Gruppe, den es gar nicht gibt."

„Mach dir doch nicht so viele Gedanken. Hör erst mal, was diese Mel dir noch alles zu sagen hat."

„Pia, aber da ist noch etwas. Ich bin heute Zeugin einer kriminellen Unterhaltung geworden. Dabei ist nicht nur der Name Mel(l) Sofi(y) gefallen."

„Sag schon, was hast du gehört?"

Mell öffnete den Mund, brachte aber keinen Ton heraus.

„Mensch Schwesterherz, lass dir doch nicht alles aus der Nase ziehen", drängte Pia.

Dann unterbrach sie die bedrückende Stille und erzählte ihrer Schwester von dem Gespräch. Wort für Wort.

„Oh mein Gott. Das hört sich wie ein geplantes Verbrechen an. Du musst unbedingt zur Polizei gehen oder zumindest die Klinikleitung darüber informieren. Das ist eine ernste …, das ist eine äußerst gefährliche …"

„Ich warte erst mal ab, was die Schöne dazu zu sagen hat", meinte Mell.

Mell wusste im Endeffekt nicht, was sie mehr belastete. Dass sie sich bedroht fühlte oder dass sie vermutlich mit der Schönen verwechselt wurde.

11

Mell

war stolze Besitzerin von verschiedenen Kosmetikartikeln, und sie hatte sich mit legeren Sportsachen im Einkaufszentrum eingedeckt. Mit exakter Ankunftszeit trug sie sich in das am Ausgang liegende schwarze Buch ein, um ihre Rückkehr pflichtgemäß zu dokumentieren. Sie hatte ihr neues Outfit ordentlich im Schrank verstaut, die Rechnungen zerrissen und die Schnipsel entsorgt. Missgestimmt saß sie auf ihrem Bett, als jemand energisch an die Tür klopfte.

„Frau Sofy, sind Sie da?"

Mell war gerade im Begriff von ihrem Bett aufzustehen, um sie zu öffnen. Wie sollte es auch anders sein. Mit dem Piepen stand die Melcher auch schon in der Mitte des dunklen Raumes.

Die Therapeutin war ihr mehr als suspekt. Nicht wirklich unsympathisch aber auch nicht harmlos.

„Frau Sofy, Sie haben sich heute früh nicht in die Anwesenheitsliste eingetragen."

„Habe ich doch. Ich habe mich ausgetragen, als ich das Klinikgelände verlassen habe und sogar meine Rückkehr in diese blöde Liste dokumentiert," protestierte Mell energisch.

„Sie haben das Klinikgelände verlassen? Und wer hat Sie begleitet?"

„Niemand", gab sie wahrheitsgemäß zu.

„Niemand? Sie sind alleine los, obwohl Sie genau wissen, dass Neuzugänge das Klinikgelände in den ersten acht Tagen nur mit dem zugewiesenen Paten verlassen dürfen?"

„Mm."

„Frau Sofy, das wird Konsequenzen haben."

„Und was bedeutet das?"

„Sie bekommen eine Probezeit. Bei einem weiteren Verstoß innerhalb von vierzehn Tagen wird eine Fallkonferenz einberufen werden. Daran nehmen Sie und alle die sie betreuenden Therapeuten teil, um herauszufinden, welche anderen Gründe, außer Ihrer Alkoholsucht, Ihrem Fehlverhalten zugrunde liegen könnten. Wie Sie sehen, gehen wir mit unseren Patienten verantwortungsbewusst und fürsorglich um."

„Verantwortungsbewusst? Das ich nicht lache. Ich bin wegen einer psychosomatischen Erkrankung hier, werde aber wie eine Alkoholabhängige und Schwererziehbare behandelt, der man Zucht und Ordnung beibringen will", schrie Mell zornig. „Eigentlich müssten Sie mich gleich wegschließen lassen, denn ich verspüre gerade große Lust, die paar Möbel hier im Zimmer geradezurücken. Dann können Sie mir die nächste Probezeit und gleichzeitig die angedrohte Fallkonferenz aufs Auge drücken."

„Frau Sofy, beruhigen Sie sich doch. Unser ganzes Leben besteht schließlich aus Vorschriften und Konsequenzen. Kommen Sie erst mal runter, bevor wir weiterreden. Und außerdem steht Ihnen Wut nicht zu Ihrem hübschen Gesicht", versuchte sie ihre Patientin zu beruhigen.

Mell wurde hellhörig. Sie sah in den Augen der Therapeutin etwas, das ihr Angst machte.

Bring es einfach zu Ende …

Unweigerlich schaute Mell zur Seite, um zu verhindern, dass die Melcher Verdacht schöpfen könnte, und sie von den Machenschaften zwischen ihr und dem Fremden wusste.

„Korrekterweise haben Sie sich zumindest beim Verlassen des Gebäudes aus- und nach Ihrer Rückkehr wieder eingetragen", stellte die Melcher im freundlichen Ton fest. „Das hat aber nichts mit der morgendlichen Anwesenheitsliste zu tun. Diese liegt nämlich vor dem Speisesaal aus. Bis acht Uhr müssen Sie sich mit Ihrer Unterschrift dort eingetragen haben, damit wir und die Klinikleitung wissen, dass Sie wohlauf sind. Bitte unterscheiden Sie zwischen An- und Abwesenheitsliste. Die Anwesenheitsliste liegt vor dem Speisesaal aus, die Ausgangsliste hingegen auf dem Pult vor dem Ausgang des Klinikgebäudes. Ist das verständlich für Sie?", fragte die Melcher im versöhnlichen Ton. „Versuchen Sie bitte, sich einfach nur an die Regeln zu halten."

Mell hatte sich beruhigt. Dieses Mal war sie nicht zum Gegenangriff übergegangen.

„Noch eines, Frau Sofy", sagte die Melcher beim Hinausgehen. „Nicht nur, dass Sie äußerst attraktiv sind, Sie haben sich auch noch tapfer geschlagen und alle Tests bestanden."

„Wie bitte?" Mell war verwundert, derartige Komplimente aus dem Munde einer Therapeutin zu hören. Aber im Grunde gehörte nicht viel dazu, attraktiv auszusehen, wenn man sich mit der Melcher verglich.

„Wir haben bewusst Ihre Nerven strapaziert, um Ihre körperliche und geistige Verfassung besser beurteilen zu können. Obwohl Sie sich von allen Seiten kontrolliert und ständig schlecht behandelt gefühlt haben, haben Sie die Therapie nicht abgebrochen."

Bei diesen Worten lächelte sie merkwürdig, als würde sie insgeheim etwas im Schilde führen.

„Das ist ja großartig", meinte Mell fassungslos.

„Wir Therapeuten haben es uns zur Aufgabe gemacht, suchtkranken und suchtgefährdeten Menschen zu helfen. Bis Ende der Woche werden Sie außer an den gemeinsamen Mahlzeiten nur an unseren Film- und Vortragsprojekten teilnehmen, um Ihnen den Einstieg in die Therapie zu erleichtern. Im Rahmen dieser Präventionsveranstaltungen werden Sie über die Folgen jeglicher Art von Suchterkrankungen aufgeklärt."

„Frau Melcher?"

„Ja!"

„Ach nichts."

Mell wollte fragen, ob der Inhalt des belauschten Gesprächs ebenfalls zum Test gehörte.

Das Thema „Sucht" moderierte ein Professor anhand von Vortragsfolien. Es wurden zahlreiche Informationen und Tipps vermittelt, wie mit der Krankheit „Sucht" besser umgegangen werden kann und wie man die auslösenden Faktoren besser erkennen und gegensteuern könnte. Auch die zahlreichen Filmvorträge waren informativ und brachten Mell, obwohl sie nicht davon betroffen war, zum Nachdenken.

Die Tage bis zum Wochenende verliefen ruhig, und auch sonst war alles zu ihrer Zufriedenheit. Es gab nichts, worüber Mell sich ärgern oder aufregen musste. Ganz im Gegenteil: Die Therapeuten und das Pflegepersonal waren ihr mit viel Fürsorge und Freundlichkeit begegnet.

Mell

stand am Aufzug und studierte den grünen Zettel. Die Bezugsgruppe ‚ADE' war dort auch aufgeführt. Sie ging auf die große Glastür zu, die sich automatisch öffnete. In der langen Schlange vor dem ‚Med.-Bereich' entdeckte sie Joe und Sven mit dem Röhrchen in der Hand, die für die Alkoholkontrolle bereits anstanden. Mell machte kurzerhand auf dem Absatz kehrt, schwänzte die Kontrolle und stieg stattdessen in den Fahrstuhl. Gott sei Dank waren die meisten im ersten Stock ausgestiegen, für Mell war es sehr unangenehm, in dem Lift eingequetscht zu stehen. Die Luft war stickig. Ein undefinierbarer, penetranter Geruch schlug ihr ins Gesicht. Es roch nach allem und nichts, aber ganz besonders nach Achselschweiß. Als sie den Fahrstuhl verlassen hatte, schloss sie ihre Augen und atmete tief durch.

„Ich habe mich für die Sauna eingetragen. Lust, mich heute Abend zu begleiten?", hörte sie eine Frauenstimme hinter sich fragen.

Mell drehte sich um und schüttelte den Kopf.

„Ach komm schon. Heute ist keine gemischte Sauna. Wir sind ganz unter uns."

„Na gut. Aber nur, wenn du mich nicht wieder an meine Vergangenheit erinnerst."

„Das Thema ist doch längst nicht mehr der Rede wert", sagte die Schöne mit einem verständnislosen Gesichtsausdruck.

Mell schluckte. Beim Anblick der anwesenden Frauen in der Sauna, die sich auf der ersten Ebene ausgebreitet hatten, wurde ihr speiübel. Erstmalig seit ihrem Aufenthalt blickte sie in von langjährigem Drogenkonsum geschädigte Gesichter. Die Körper waren dünn, ausgemergelt, wie ausgehungert. Die Zähne waren brüchig und auf der unbedeckten Haut waren zahlreiche rote Beulen zu erkennen. Mell wurde zum ersten Mal mit den Symptomen des langjährigen Drogenkonsums konfrontiert, über die sie Frau Dr. Ullrich zuvor aufgeklärt hatte. Der körperliche Verfall war den Frauen anzusehen. Im wahrsten Sinne des Wortes saunierten hier zwei lebendige Zombies.

Mell beobachtete die Schöne, wie sie ihr Handtuch auf der Holzbank zurechtrückte. Als eine weitere Frau die Sauna betrat und ihr Handtuch in Millimeterarbeit akkurat in der unteren Reihe ausbreitete, schaute Mel verlegen zur Seite. Offensichtlich fiel es ihr schwer, eine

Unterhaltung zu beginnen. Die Frauen bemerkten die Verschwiegenheit und fühlten sich offensichtlich als Störfaktor, denn sie standen, eine nach der anderen, nach einem sehr kurzen Saunagang – die Sanduhr war noch nicht mal zur Hälfte durchgelaufen – auf. Sie lächelten freundlich, öffneten die Glastür und gingen hinaus. Ein kalter Wind berührte dabei die erhitzten Körper. Schweigend saßen sie nebeneinander auf der Holzpritsche.

„Was ist?", fragte Mell.

„Ich komme einfach nicht weiter mit meinen Nachforschungen. Ich könnte dringend deine Hilfe gebrauchen."

„Wie kann ausgerechnet ich dir helfen. Ich bin doch keine verdeckte Ermittlerin?"

„Wer weiß, wer weiß", sagte die Detektivin mit einem unergründlichen Lächeln.

„Ich muss alles über Michael Jella erfahren."

„Michael Jella? Den kenne ich gar nicht."

„Der ist doch in deiner Gruppe."

„In meiner Gruppe sind Joe, Kevin und Sven, aber kein Michael."

„Seltsam", meinte Mel. „Solltest du ihm dennoch begegnen, halte mich bitte auf dem Laufenden."

„Mach ich. Aber jetzt erzähl zur Abwechselung mal was von dir und deiner Arbeit."

„Was willst du wissen".

„Zum Beispiel, warum du undercover hier bist."

„Das ist eine lange Geschichte."

Die Schöne starrte geistesabwesend auf ihre nackten Füße.

„Michael ... Michael Jella hat mich letztendlich hierhergeführt."

„Verstehe ich nicht", meinte Mell.

„Damals, es ist schon ein paar Jahre her, waren meine Freundin Alina und ich auf einer Party. Anschließend kehrten wir auf einen Absacker in unsere Stammkneipe ein. Dort trafen wir auf ein paar meiner Kollegen und meinen Mann, Frank. Er bot meiner Freundin an, sie auf dem Nachhauseweg bei sich abzusetzen. Alina wollte partout nicht. Sie war an diesem Abend in Feierlaune. Wir ließen sie allein zurück.

Am nächsten Tag wählte ich mir die Finger wund. Alina reagierte weder auf meine zahlreichen Anrufe, noch öffnete sie ihre Türe nach massivem Klingeln und Klopfen."

Die Schöne atmete schwer, als sie sich an das Grauen erinnerte.

„Ich hörte ein schwaches Wimmern aus der Wohnung meiner Freundin. Instinktiv alarmierte ich den Notarzt und Krankenwagen und verschaffte mir gewaltsam Zutritt zu ihrer Wohnung. Dann der Schock: Alina lag keuchend und blutüberströmt auf dem Boden. Ihr Gesicht sah aus, als hätte jemand versucht, ihr die Haut am lebendigen Leibe abzuziehen. Ich konnte überhaupt nichts tun. Meine beste Freundin lag schwer verletzt am Boden, und ich konnte einfach nichts tun."

Mels Augen wurden glasig. Sie schluckte und fing an zu weinen.

„Ich werde diesen Anblick niemals vergessen und erst Ruhe finden, wenn ich ihn zur Strecke gebracht habe."

„Wen denn?"

„Den Mann, dessen Namen Alina immer wieder geflüstert hatte."

„Etwa Michael Jella?"

„Ja."

„Wie sieht er denn aus?", wollte Mell wissen.

„Wenn ich das wüsste. Ich kenne nur seinen Namen."

„Du suchst nach einem Phantom?"

Mells Kehle zog sich zusammen, als sie sich an den Inhalt des Gespräches zwischen der Melcher und dem Fremden erinnerte, behielt den Inhalt der Unterhaltung aber weiterhin für sich.

„Als ich noch im aktiven Polizeidienst war, habe ich sofort die Ermittlungen aufgenommen. Die zahlreichen Vernehmungen und Befragungen aus dem Umfeld ergaben leider keine brauchbaren Hinweise.

Jede freie Minute habe ich am Krankenbett meiner Freundin verbracht, in der Hoffnung, sie könnte eine Täterbeschreibung abgeben. Leider ist es dazu nicht mehr gekommen. Alina ist nicht an den Folgen ihrer schweren Verletzungen gestorben. Der Täter muss sich ungesehen Zugang zum Krankenzimmer verschafft haben, um sie mundtot zu machen. Erstickungstod stellte der Rechtsmediziner als Todesursache fest."

Mel weinte jetzt hemmungslos. Es wirkte wie eine Erlösung.

„Frank, der nicht nur mein Ehemann war, sondern auch Leiter der damaligen Mordkommission, hatte mich wegen Befangenheit vom Fall abgezogen. Ich war so besessen, den Täter meiner Freundin zu stellen, dass ich den Fall nicht aus der Hand geben wollte. Ich konnte einfach keinen klaren Gedanken mehr fassen und hetzte jedem kleinsten Hinweis hinterher. Meine Besessenheit zerstörte zu guter Letzt meine Ehe. Nach der Scheidung habe ich den Polizeidienst quittiert und bin in die Fußstapfen meines Vaters getreten, der erfolgreich ein Detektivbüro leitet."

Die Schöne rutschte unruhig auf der Holzbank hin und her.

„Als Polizistin war ich jeden Tag Höhen und Tiefen ausgesetzt und musste schwere Krisen überwinden. Aber zu sehen, wie ein Mensch einen anderen Menschen so zurichten kann, hat bei mir alles infrage gestellt, was das Leben bis dahin lebenswert gemacht hatte."

„Das tut mir wirklich sehr leid. Hat dein Mann dich einfach so gehen lassen?"

„Es war für uns beide nicht einfach. Wir sind zwar geschieden, haben aber irgendwie nie aufgehört, uns zu lieben", berichtete die Schöne.

„Was weißt du über die anderen aus meiner Gruppe", wollte Mell wissen.

Die Schöne legte gedankenverloren das Handtuch zurecht und streckte ihre Beine aus.

„Von dem Penner, der neulich in der langen Stuhlreihe links von dir gesessen hat, solltest du dich fernhalten."

„Du meinst den Stadtstreicher?"

„Wen?"

„Ich nenne ihn so. Er heißt Kevin Kroke."

„Sieh dich vor. Kevin stand unter Verdacht, am Tod seiner Frau beteiligt gewesen zu sein."

„Was du so alles weißt."

„Das bringt mein Beruf so mit sich", wiederholte sich die Schöne.

„Kevin war seit Jahren ambulanter Altenpfleger und hat eine wohlhabende, an Bauchspeicheldrüsenkrebs erkrankte Dame bis zu ihrem Tod hingebungsvoll gepflegt. Dabei lernte er ihre Enkelin Claudia kennen. Claudia sollte nach dem Ableben ihrer Großmutter das Einfamilienhaus und ein beachtliches Vermögen erben. Jedoch hatte die alte Dame in ihrem Testament verfügt, dass sie nur in den Genuss des Erbes käme, wenn sie Kevin heiraten würde, denn ihr größter Wunsch war es, ihre Enkelin nach ihrem Tod in guten Händen zu wissen."

„Und deshalb soll ich mich vor ihm in acht nehmen?"

„Böse Zungen behaupten, ihm hätte bei einer Scheidung nichts von dem Erbe der Großmutter zugestanden. Im Todesfall jedoch alles. Es wurde gemunkelt, dass er jemanden aus der Drogenszene angeheuert haben soll, um seine Frau zu beseitigen."

„Und? Hat er?"

„Keine Ahnung. Es gab keine stichhaltigen Beweise. Aber: In jedem Gerücht steckt ein Körnchen Wahrheit."

Die Schöne stand auf. Sie tauchte die Holzkelle in den Eimer und goss die Flüssigkeit langsam auf die heißen Steine des Saunaofens; sie drehte die abgelaufene Sanduhr um.

„Was weißt du über Joe?", wollte Mell von Kevin ablenken, der sie nicht nur als Mitpatient interessierte.

„Joe Meck ist ausgebildeter Friseur, zurzeit arbeitslos. Aufgrund seines kostspieligen Drogenkonsums ist er auf den Beruf ‚Callboy' umgestiegen."

Deshalb auch sein Lederoutfit, erinnerte sich Mell schmunzelnd.

„Er ist der Harmloseste von allen."

„Und was gibt es über Sven zu berichten?", fragte Mell vorsichtig.

„Sven Vall stammt aus einfachen Verhältnissen, bevor sein Zwillingsbruder und er es mit harter Arbeit weit gebracht haben. Die schlechten Zeiten, in denen sie mit den Eltern in einer kleinen bescheidenen Wohnung von der Hand in den Mund in vollkommener Armut gelebt hatten, waren mit der Gründung der eigenen Firma vorbei. Die Zwillinge verkauften Luxusimmobilien im In- und Ausland und bewohnten mit den Eltern ein traumhaftes Anwesen. Sven hat durch seinen Bruder, der sehr geschäftstüchtig war, eine Menge Geld verdient und davon in vollen Zügen gelebt. Er war im Gegensatz zu ihm nicht sehr beliebt. Nach dem mysteriösen Brand, sein Bruder und seine Eltern kamen dabei ums Leben, blieb für Sven der berufsmäßige Erfolg aus."

„Verständlich. Schließlich hat er den IQ einer Erbse", unterbrach Mell die Schöne.

„Sven ist in die Drogenszene abgerutscht, dem Alkohol verfallen und lebt seitdem auf der Straße."

Wie schrecklich. Wie furchtbar muss das für ihn gewesen sein, seine Familie auf so tragische Weise zu verlieren und dann noch beim Blick in den Spiegel, jeden Tag daran erinnert zu werden.

Ohne ersichtlichen Grund tauchten plötzlich Bilder von Mike vor ihren Augen auf. Sie kämpfte gegen die aufsteigende Übelkeit an. Sie fühlte sich verpflichtet, sich der Schönen ebenfalls anzuvertrauen, denn auch sie hatte ungewollt Qualen durchleben müssen.

„Mel", begann sie ihren Satz. „Damals hatte ich einen Mann geheiratet, der sehr gut aussah, und ich konnte seinem Charme nicht widerstehen. Er war einfach der Richtige für mich, und es fühlte sich wunderbar an. Ich verliebte mich leider in einem Mann, der mich auf das Übelste verletzte. Als er mich ... als er mich zum ersten Mal geschlagen hat, habe ich sein Verhalten als Ausrutscher abgetan. Als er mich das zweite, dritte und vierte Mal geschlagen hat, habe ich ihm immer wieder verziehen. Ich

habe lieber Lügen erfunden und mich zurückgezogen, nur um meinen Mitmenschen meine
Verletzungen nicht erklären zu müssen."

Mell schluckte.

„Wenn wir zusammengeblieben wären,
wäre ich wahrscheinlich nicht mehr am Leben."

„Du kannst das Blatt wenden, wie du willst.
Körperliche und sexuelle Gewalt sind immer
Unrecht. Dein Mann ist krank, was aber nicht
seine Gewalt rechtfertigt. Sei froh, dass du ihn
los bist."

Die Schöne legte ihre Hand auf Mells Schulter.

13

„Es

tut mir leid, dass ich mich verspätet habe, aber ich bin aufgehalten worden", sagte die Melcher.

Sie eröffnete die Sitzung und bat die Anwesenden einen Kreis zu bilden.

Mell fiel auf, dass ein Stuhl unbesetzt blieb, obwohl alle aus der Gruppe, die sie bereits kennengelernt hatte, anwesend waren.

Gisela Melcher wirkte bedrückt. Ihre Haut war extrem blass, und sie hatte dunkle Augenringe. Fast mechanisch legte sie die flache Hand auf ihre Brust und versuchte gleichzeitig mit der anderen, ihre Gesichtshälfte mit den Haaren zu verdecken. Sie wirkte angespannt und nervös.

„Viele von Ihnen haben einen beschwerlichen, ganz persönlichen Weg hinter sich und sind noch lange nicht am Ziel angelangt", sagte sie, ohne Mell aus den Augen zu lassen. „Alkoholismus ist eine schleichende Krankheit, die ganz harmlos bei den meisten von Ihnen angefangen hat. Erst ein Glas Wein zum guten Essen, dann ein oder zwei Flaschen Bier am Abend. Ohne es zu merken wird Trinken zur Gewohnheit und gehört zur Entspannung, zum

Feierabend und zur Geselligkeit dazu. Zu guter Letzt geht es gar nicht mehr ohne Alkohol und es ergeben sich familiäre und später oftmals berufliche Probleme. Weil uns diese Problematiken durchaus bekannt sind, versuchen wir, Sie durch solche Krisen zu begleiten und Ihnen zur Seite zu stehen. Voraussetzung ist allerdings Ihre uneingeschränkte Loyalität."

Ihre Stimme wurde immer leiser. Sie rang plötzlich nach Luft und musste auf eine bedrohliche Weise husten.

Mell hatte den Kopf ein wenig zur Seite geneigt. Dabei fiel ihr auf, dass Kevin, der zu ihrer Linken saß, ihr ein winziges Lächeln schenkte. Das Gefühl der Wärme, das Mell bei seinem Anblick in diesem Moment schon wieder verspürte, verflog rasch, als Sven sie mit einem herablassenden, eiskalten Blick über den Rand seiner hässlichen Hornbrille fixierte.

Etwas an der Stimmung in diesem Raum beunruhigte Mell, aber sie konnte nicht sagen, was es war. Sie überlegte kurz, während sie ihren Blick zwischen der Therapeutin und den anderen Bezugsgruppenmitgliedern hin und her wandern ließ.

„Na Schnalle", unterbrach Sven plötzlich die Stille.

Seine Angst einflößende Stimme ließ Mells Körper für einen Moment zusammenzucken.

Unmissverständlich richtete sie ihren Blick auf Frau Melcher und hielt aus Angst vor Sven die Stuhllehne so fest umklammert, dass ihre Handknöchel weiß hervortraten.

Frau Melcher hatte an dieser Stelle eindeutig als Therapeutin versagt, denn sie machte keine Anstalten, diesem ungehobelten Mitpatienten das Zepter aus der Hand zu nehmen. Sie überließ dem Großmaul einfach die Führungsrolle.

Mell spürte erneut, dass sie sich vor ihm in acht nehmen musste, denn seine provozierende Haltung beunruhigte sie sehr. Ein kalter Schauer durchzog ihren Körper, das Herz schlug ihr bis zum Hals. Vor ihren Augen tauchte Mike plötzlich auf, der gerade splitterfasernackt aus der Dusche gekommen war und mit geballter Faust immer wieder auf sie eingeschlagen hatte...

Nein! Er hat mich nicht kleingekriegt, und dieser Fiesling wird es auch nicht schaffen, durchfuhr es Mell mit einem Ziehen in der Brust.

Sie versuchte, ihrer Stimme einen ruhigen Ton zu geben, damit keiner der Anwesenden bemerkt, wie geängstigt sie sich in Svens Gegenwart fühlte. Ganz langsam drehte sie ihren

Kopf in seine Richtung und schaute ihn herausfordernd an. Ihre Stimme zitterte.

„Mit … mit geistig unterbelichteten Menschen habe ich eher selten zu tun", stotterte sie. „Du klingst so, als würdest du dich ein bisschen aufspielen wollen. Da du ganz offensichtlich über einen sehr beschränkten Horizont verfügst, mache ich mir erst gar nicht die Mühe, dir die Bedeutung der Begriffe Respekt und Höflichkeit zu erklären."

Joe gluckste vor sich hin und setzte damit ein Zeichen, sich auf Mells Seite zu schlagen. Kevin schien beeindruckt. Er hielt, nur für sie sichtbar, den Daumen hoch.

Sven, der sie herablassend betrachtet hatte, wandte sich ihr zu und sah sie hasserfüllt an.

Er hatte mit ihrer Reaktion offensichtlich nicht gerechnet, denn er wechselte, ohne dass er etwas dagegen tun konnte, vor Wut seine Gesichtsfarbe und rutschte mit seinem fettleibigen Körper nervös auf seinem Sitz hin und her. Seine Gesichtszüge verhärteten sich und zuckten. Mell sah das zornige Blitzen in seinen Augen. Er stemmte seine Hände auf die Oberschenkel. Wie ein gehetztes Tier sprang er unerwartet von seinem Stuhl auf und stand mit geballten Fäusten nur eine Handbreite von ihr entfernt. Kevin schnellte von seinem Stuhl auf und stellte sich beschützend vor Mell.

Svens Wut wirkte bedrohlich. In der ohrenbetäubenden Stille war lediglich das Knacken seiner Finger zu hören. Blitzschnell hob er seine linke Hand, als wollte er zum Schlag ausholen. Mell zuckte unweigerlich zusammen. Sie verspürte Panik und stand ebenfalls vom Stuhl auf, weil sie sich im Sitzen ihm gegenüber so klein vorgekommen war.

„Herr Vall, es reicht jetzt!", schritt die Bezugstherapeutin endlich mit einem unmissverständlich, harten Ton ein, sodass die Anwesenden zusammenzuckten.

Augenblicklich zog Sven sich zurück. Mell konnte zwar die nonverbalen Signale in seinen Augen nicht sehen, aber dafür seine Körperhaltung, die auf Bedrohung hindeutete.

„Sie können alle wieder Platz nehmen und sich beruhigen", befahl die Therapeutin, als wäre nichts gewesen.

„Frau Sofy, möchten Sie sich der Gruppe vorstellen und uns erzählen, warum Sie hier sind?"

Mell hielt die Luft an und schwieg. Es entstand eine lange Gesprächspause. Ihr Schweigen zog sich wie Kaugummi. Die anderen Bezugsgruppenmitglieder starrten sie erwartungsvoll an. Nur das regelmäßige Ticken der Wanduhr war zu hören.

„Es gibt eigentlich nichts zu erzählen, was hierhergehört", sagte sie lapidar. „Ich bin …"

Die Therapeutin durchbohrte Mell mit einem messerscharfen Blick, und in ihr regte sich ein seltsames Gefühl, das ihr die Sprache verschlug.

„Wie lange wirst du bei uns bleiben?", versuchte der Stadtstreicher die angespannte Situation herunterzuspielen.

„Sollte ich es hier in der Anstalt so lange aushalten …", begann sie mit bebender Stimme, „werde …"

„Wir sind keine Anstalt, sondern eine Klinik für psychische Erkrankungen. Zügeln Sie bitte Ihre Ausdrucksweise, wies die Therapeutin sie in die Schranken."

„Hat einer von Ihnen eine Vorstellung", begann die Bezugstherapeutin, „warum der Stuhl von Michael Jella unbesetzt ist?"

Mell starrte die Melcher an, als sie den Namen hörte und erinnerte sich sofort an die Warnung, die die Schöne ausgesprochen hatte.

„Herr Vall, klingelt es bei Ihnen?"

„Keine Ahnung was Sie von misch wollen", erwiderte er gereizt.

„Meine Herren, hat einer von Ihnen vielleicht etwas zu Herrn Jella zu sagen?"

Mell beobachtete, dass Sven und Joe sich unruhig verhielten. Der Schönling richtete seinen Blick verlegen zu Boden.

„Nun …", begann Sven mit gesenktem Kopf den Satz. „Über den Verbleib von Michael weiß isch nischts."

Er wirkte auffallend unruhig und seine Antwort hatte Frau Melcher gezeigt, dass sie ihm nicht glaubte. Ihr Blick war kalt und sie ließ ihn nicht eine Sekunde aus den Augen.

„Herr Vall, wollen Sie auch rausgeschmissen werden?", beschwor sie ihn.

„Okay! Michael hat sich von mich Geld geliehen", gestand er zögernd.

„Haben Sie gewusst, wofür er es gebraucht hatte?"

„Nein, natürlich nischt."

Ihr Blick ging langsam in die Runde.

„Herr Meck erzählen Sie doch mal, was Sie beobachtet haben."

Mell nahm wahr, dass Sven dem Schönling einen warnenden Blick zugeworfen hatte, was auch der Therapeutin nicht entgangen war.

„Herr Vall, was würden Sie sagen, wenn Herr Meck den Rückfall von Herrn Jella aufgemacht hätte?"

„Was zum Teufel …", entfuhr es ihm. „Verräter!", schrie er Joe an.

Mell konnte den Kerl nicht ausstehen, er war ihr auf Anhieb zuwider gewesen und ihr ungutes Gefühl, das sie bereits bei der Begegnung im Speisesaal verspürt hatte, wurde erneut bestätigt.

„Frau Sofy, da Sie neu in unserer Runde sind, möchte ich Sie über den Begriff ‚Aufmachen von Rückfällen' aufklären.

„Uns allen ist bekannt, dass Sucht eine Krankheit ist und sie nicht mit dem Tag der Aufnahme in unserer Klinik sofort geheilt ist. Wir unterstützen unsere Patienten darin, die Sucht zu akzeptieren, statt gegen sie zu kämpfen. Sollten Sie jedoch mitbekommen, dass einer Ihrer Mitpatienten gegen die Regel verstoßen hat, hat dieser die Möglichkeit, den sogenannten ‚Rückfall' zu melden. Wir nennen das ‚aufmachen'.

Herr Meck hat den Rückfall von Herrn Jella pflichtbewusst aufgemacht, da er ihn und Herrn Vall bei der Übergabe des Geldes vor dem Spielkasino gesehen und beobachtet hatte, dass Herr Jella anschließend auch noch dort eingekehrt war. Im Laufe seiner Behandlung hatte Michael Jella als pathologischer Glücksspieler immer wieder seine Mitpatienten um Geld angepumpt, es aber niemals zurückgezahlt. Dadurch konnten die Betroffenen kein korrektes Ausgabenprotokoll führen, da sie für das geborgte Geld keine Quittung vorlegen konnten und mussten die Konsequenzen daraus ziehen und die Klinik, natürlich auf eigene Kosten, verlassen."

„Wie gut, dass der endlich weg ist", mischte sich Kevin ein. „Warum so einer immer wieder eine Chance bekommt, eine Therapie zu machen, ist mir unbegreiflich. Soweit ich weiß, war Michael schon viele Male hier."

„Herr Kroke, das tut hier nicht zur Sache", wies die Melcher ihn zurecht. „Sie können von Glück sagen, dass Sie nicht rückfällig geworden sind und Ihre Tage hier in der Klinik gezählt sind, bevor Sie entlassen werden."

Erst jetzt verstand Mell den Sinn, warum sie das Ausgabenprotokoll führen sollte,

Mist, hoffentlich sind die Quittungen noch im Papierkorb.

„Frau Melcher", sagte sie kleinlaut. „Wo wir gerade dabei sind …, ich kann leider keine Belege über meine Einkäufe vorlegen."

„Wir regeln das nächste Woche im Einzelgespräch", sagte die Melcher äußerst freundlich.

14

Mell

sah sich immer wieder um und atmete tief durch. Ohne zu merken, dass sich jemand an ihre Fersen geheftet hatte, schlenderte sie durch die Parkanlage. Sie brauchte Sauerstoff, viel Sauerstoff, um einen klaren Kopf zu bekommen. Gedankenversunken setzte sie sich auf eine Bank und ließ die Hände zwischen den Knien baumeln. Sie sehnte sich nach ihrem Alltag, danach, täglich in demselben Supermarkt einzukaufen. Ihr fehlte der vertraute Umgang mit ihrer neugierigen Schwester, ihren langjährigen Freunden und Bekannten. Sie verspürte den Wunsch, ihre Brötchen für das Frühstück bei Herrn Schneider in der Bäckerei Kamps zu holen, der ihr freundlich einen schönen Tag gewünscht hatte, ohne sich vorher in irgendwelche blöden Listen ein- und austragen zu müssen. Der Ablauf in der Klinik ging ihr mächtig auf den Keks und die Dinge, die sie von Mel über Sven und Joe erfahren hatte, waren für sie ohne Bedeutung. Vielmehr interessierte sie das Schicksal des Mannes, der wie aus dem Nichts plötzlich hinter ihr aufgetaucht war und offensichtlich die gleiche Idee hatte, frische Luft zu schnappen.

„Mell, was für ein Zufall! Hast du es in der Klinik auch nicht mehr ausgehalten?"

Sie drehte sich um und sah in ein besorgtes Gesicht. Für eine kurze Weile schauten sie sich schweigend an, bevor er sich zu ihr setzte und seine Beine ausstreckte.

„Verfolgst du mich?", fragte Mell, als sie die Stille nicht mehr aushalten konnte.

Ihn in ihrer Nähe zu haben, verwirrte sie.

„Dich verfolgen?"

Sie merkte, dass ihre Handflächen feucht wurden. Er war ihr so nah auf die Pelle gerückt, dass ihre Beine sich berührten. Durch die Jeans spürte sie die Wärme seiner Haut.

Aus irgendeinem unerklärlichen Grund wollte sie aufstehen und ihren Spaziergang allein fortsetzen, doch sie zögerte, als Kevin seine Hand auf ihren Oberschenkel legte. Sie konnte nichts dagegen tun, dass ihr Herz in seiner Gegenwart wie verrückt schlug.

„Du hast Sven ganz schön kontra gegeben. Ich bin beeindruckt. Sehr mutig von dir."

„Bin ich das?"

„Ja, finde ich schon. Du warst unglaublich."

„Ach", erwiderte sie.

„Hast du Angst vor mir?", wollte er wissen.

„Sollte ich denn?"

„Nun ja, die Leute behaupten, ich wäre am Tod meiner Frau beteiligt gewesen."

Mell wunderte sich über seine Offenheit.

„Warst du es denn?"

„Nein, natürlich nicht."

„Dann ist doch alles gut."

„Wie du das sagst", meinte er verwundert über ihre Gelassenheit.

Kevin beugte sich nach vorne und starrte lange auf seine Füße.

„Damals habe ich als Altenpfleger gearbeitet und eine sehr vermögende Dame gepflegt. Dabei habe ich Claudia kennengelernt, die ihre Großmutter jeden Tag besucht hatte. Ich habe schnell den wahren Grund der regelmäßigen Besuche durchschaut. Ihr ging es nicht um familiäre Fürsorge, sondern um Geld, damit sie sich Drogen besorgen konnte."

Sein Blick wurde mit einem Mal melancholisch, als er weitersprach.

„Trotz ihrer Abhängigkeit habe ich mich hoffnungslos in sie verliebt. Sie war die Frau, mit der ich mein restliches Leben teilen wollte."

Mell sah ihn neidvoll an.

„Es ist schön, wenn man sich seiner Gefühle so sicher ist", flüsterte sie sehnsüchtig.

„Nach dem Tod der Großmutter sollte Claudia das Einfamilienhaus und ein beachtliches

Vermögen erben. An das Erbe waren jedoch Bedingungen geknüpft."

„Bedingungen? Was denn für Bedingungen?"

„Die alte Dame hatte in ihrem Testament verfügt, dass ihre Enkelin nur in den Genuss des Erbes kommen würde, wenn sie vierundzwanzig drogenfreie und achtzehn Monate als verheiratete Frau nachweisen kann", sagte er schließlich. „Claudia fügte sich dem Wunsch ihrer Großmutter mehr denn je. Sie war fast drei Jahre vollkommen abstinent und …"

Er hörte mitten im Satz auf.

„Aber warum erzähle ich dir das alles", meinte er.

Kevin merkte, dass jetzt nicht der richtige Moment war, sich vergangenen Erinnerungen hinzugeben. Beschämt wollte er aufstehen. Jetzt legte Mell ihre Hand auf seinen Arm, um ihn am Gehen zu hindern.

„Das ist wirklich eine rührende Geschichte. Die Frau hat in ihrem Testament nicht verlangt, dass sie dich zum Mann nehmen muss, um das Erbe antreten zu können?", wollte Mell wissen.

„Nein, wieso fragst du mich das?"

„Ach, nur so."

„Und … für mich war es eine Liebesheirat und kein geeignetes Mittel zum Zweck, nur um mir das Vermögen unter den Nagel zu reißen", betonte er. „Schließlich waren die Jahre vor der Eheschließung kein Vergnügen, denn das Leben an der Seite einer Drogenabhängigen ist wahrhaftig kein Zuckerschlecken."

„Das kann ich mir gut vorstellen, Kevin", sagte Mell einfühlsam.

„Ich habe wirklich alles versucht. Ich habe sie quasi von der Straße geholt, es geschafft, sie von der Drogenszene fernzuhalten und dafür gesorgt, dass sie in zahlreichen Therapien clean wurde. Unser gemeinsames Leben verlief lange Zeit unspektakulär, und ich war überzeugt, wir hätten es geschafft. Leider lag ich mit meiner Annahme völlig daneben. Nach mehr als zwei Jahren vollkommener Abstinenz wurde sie dann doch wieder rückfällig. Freunde und sogar ihre Therapeuten redeten in dieser schweren Zeit auf mich ein, sie endgültig zu verlassen, als ich sie erneut um Hilfe gebeten hatte. Vielleicht hätte ich mich schon viel eher entscheiden sollen, mein Leben ohne sie zu verbringen, da die Drogenexzesse immer schlimmer wurden. Claudia warf mir später immer wieder vor, dass ich sie ohnehin nur geheiratet hätte, um an das Vermögen ihrer Großmutter zu kommen, und das hat sie mich auch spüren lassen. In ihrem Rausch hielt sie nicht mehr mit ihren zahlreichen Affären hinter den

Berg. Für mich war es so, als hätte sie mir einen Pflock ins Herz gerammt. Sie zerstörte nicht nur ihr Leben, sondern auch meines und unsere Ehe."

Er hielt Mells Hand fest umklammert. Mit dieser Berührung merkte sie erneut das Kribbeln im Bauch.

„Nach endlosen Diskussionen und unzähligen verbalen Auseinandersetzungen hatte Claudia dann endlich einer Trennung zugestimmt."

„Und dann?"

„Dann … als wir uns endlich dazu durchgerungen hatten, getrennte Wege zu gehen, hatte ich kurze Zeit später eine bezahlbare Wohnung gefunden. Sie lag nur einen Steinwurf von unserem Haus entfernt.

Apropos Wohnung … wir könnten das nächste Wochenende gemeinsam verbringen", sagte er beiläufig. „Mit dem Auto wärst du in zwanzig Minuten bei mir."

Es klang Begierde in seiner Stimme. Um zu wissen, was das bedeutete, brauchte Mell keine Therapie.

Er wartete ihre Antwort nicht ab und überreichte ihr einen zusammengefalteten Zettel.

„Hier, meine Adresse. Komme einfach vorbei. Ich würde mich sehr freuen."

„Ist das denn erlaubt?", fragte sie ihn zögerlich.

„Nein. Wir behalten es einfach für uns. Sollte dich das Navi aber im Kreis schicken, fährst du zweimal rechts, einmal links und dann geradeaus."

Allein die Vorstellung, ein Wochenende mit ihm zu verbringen, ließ ihr Herz augenblicklich höherschlagen.

„Jetzt sind wir vom eigentlichen Thema abgekommen", sagte Mell verlegen und lehnte sich etwas zurück.

„Ich kann mich noch genau an diesen schrecklichen Tag erinnern, so als wäre es gestern gewesen", meinte er. „Ich stand unter enormen Zeitdruck, da ich zwei wichtige Termine wahrnehmen musste, und es regnete auch noch ununterbrochen. Ich hatte noch niemals ein solches Unwetter erlebt. Es blitzte und donnerte, und der starke Regenfall trommelte laut auf das Blech der parkenden Autos. Gegen siebzehn Uhr hatte ich ein Vorstellungsgespräch, und gegen achtzehn Uhr sollte ich den Mietvertrag für meine neue Wohnung unterschreiben. Da das Vorstellungsgespräch länger gedauert hatte, kam ich über eine halbe Stunde zu spät zum zweiten Termin. Erst gegen neunzehn Uhr fünfundvierzig konnte ich dann endlich mein neues Domizil samt unterschriebenem Mietvertrag verlassen. Ich war glücklich, dass doch noch alles geklappt hatte. Meine Freude auf einen Neuanfang war so groß, dass mir sogar der Regen nichts ausmachte. Außer einem Hund, der erst schwanzwedelnd auf mich zukam, um mich dann mit lautem Gebell zu attackieren, begegnete ich keiner Menschenseele. Aus Angst vor diesem Dobermann blieb ich wie angewurzelt auf der Stelle stehen. Ich hatte Respekt vor diesem Vierbeiner. Als jemand aus der Dunkelheit immer wieder den Namen *Lady* gerufen hatte, hörte der Hund auf zu kläffen und wechselte die Straßenseite, er verschwand in die Dunkelheit."

„Hast du den Hundehalter gesehen?"

„Nein, wie gesagt, es war dunkel."

Durchnässt stand ich vor unserem Haus, und mir fiel auf, dass in der oberen Etage die Badezimmerjalousien unten waren, obwohl die Zeitschaltuhr auf einundzwanzig Uhr eingestellt war. Zu diesem Zeitpunkt musste es etwa zwanzig Uhr gewesen sein, denn meine neue Wohnung war schätzungsweise fünf bis zehn Minuten Fußweg von unserem Haus entfernt. Es brannte kein Licht, demnach vermutete ich, dass niemand zu Hause war. Während ich die Haustüre aufschloss, freute ich mich einerseits auf mein neues Leben ohne Drogenexzesse und auf die Zeit, mich nur um mich selbst kümmern zu müssen. Andererseits machte es mir Angst, Claudia sich allein zu überlassen. Für einen kurzen Moment zweifelte ich an der Richtigkeit meiner Entscheidung und ließ meine Ehe noch einmal Revue passieren. Seltsamerweise dachte ich nur an die schönen Erlebnisse zurück."

Mell schloss für einen Moment die Augen und erinnerte sich an die glückliche Zeit mit Mike.

„In der Diele zog ich meinen Mantel und die nassen Schuhe aus, ging nach oben ins Schlafzimmer, öffnete die Kleiderschranktür und legte einen Teil meiner Sachen auf das Bett. Dann machte ich eine kurze Pause und versuchte, das monotone Geräusch einzuordnen, das mich an einen tropfenden Wasserhahn erinnerte. Genervt ging ich den langen Flur entlang. In Richtung Bad wurde das Plätschern lauter. Ich war sauer, weil ich meine Schuhe vorher ausgezogen hatte, denn bei jedem Schritt quatschte es unter meinen Fußsohlen und meine Socken sogen sich voll mit Flüssigkeit. Die Badezimmertür war zu. Das Wasser quoll schon durch den Türspalt. Ich öffnete die Türe. Der Raum war stockdüster. Dann drückte ich den Lichtschalter."

Mell schaute in ein vor Entsetzen ganz blass gewordenes Gesicht.

„In der randvoll mit Wasser gefüllten Wanne lag Claudia. Der Wasserhahn tropfte unentwegt und die rote Flüssigkeit lief vom Rand der Wanne auf den weißen Vorleger und die hellen Fliesen. Ich schrie ihren Namen immer und immer wieder. Sie rührte sich nicht. Sie lag einfach so da. Aus beiden inneren Handgelenken sickerte Blut, in ihrer rechten Vene steckte eine Nadel."

Mell beobachtete, wie seine Gesichtsfarbe langsam zurückkehrte.

„Das tut mir leid."

Kevin schüttelte den Kopf.

"Das muss es nicht. Wenn du sie gekannt hättest, würdest du nur Verachtung für sie empfinden.

In meiner Verzweiflung riss ich alle Schränke auf und entdeckte in der hintersten Ecke einer Schublade einen Löffel, zwei Spritzen und einen Kosmetikspiegel. Als ich den Spiegel vor ihren Mund hielt, beschlug er nicht. Ich hielt meine Wange an ihren Mund. Kein Luftzug. Dann beugte ich mich über sie und legte meine Hand auf ihre Brust, keine Bewegung. Ich legte meine Finger an ihren Hals, keinen Pulsschlag.

Als ich zu mir kam, lag ich mit blutender Platzwunde am Kopf auf dem Bürgersteig und war umgeben von fremden Menschen und der Polizei. Der Hund war auch wieder da und leckte mir die Hand."

„Wer hat denn die Polizei gerufen?"

„Keine Ahnung."

Er zeigte geistesabwesend auf seine Armbanduhr.

„Wir haben gleich Gruppe."

„Dann lass uns schleunigst zurückgehen", meinte sie.

Wie selbstverständlich nahm Kevin Mells Hand, und sie ließ es zu.

„Ich …", begann er seinen Satz verlegen.

„Ja?"

„Ich … bin froh, dass wir uns begegnet sind."

„Finde ich auch", sagte Mell verträumt.

„Danke, dass du nicht gleich davongelaufen bist, als ich mich zu dir gesetzt habe. Du solltest wissen, dass du mir von der ersten Sekunde an gefallen hast."

Mell zeigte keine Reaktion.

„Mell?"

„Ja?"

„Ich finde dich sehr anziehend."

„Du … du findest mich anziehend?", fragte sie schließlich.

„Ja, seit der ersten Begegnung in der ‚Med.-Station' denke ich nur noch an dich, und du gehst mir einfach nicht mehr aus dem Kopf."

Mells Impuls war, ihn in die Arme zu nehmen, aber zu ihrer eigenen Überraschung tat sie es nicht.

15

Die

Stimmen verstummten, als Mell und Kevin abgehetzt den Bezugsgruppenraum betraten.

„Sie sind spät dran", bemerkte die Therapeutin und grinste. Sie zählte eins und eins zusammen, als sie bei Kevin Gesichtszüge entdeckte, die vorher nicht da waren.

Mell hatte das Gefühl, sich rechtfertigen zu müssen.

„Frau Melcher, es ist nicht, wie Sie denken."

„So, was denke ich denn?"

„Also, wir sind uns rein zufällig begegnet", redete Mell sich heraus.

„Frau Sofy, Sie wissen, dass Ihre Verspätung Konsequenzen hat?"

Sie zieht eine Augenbraue hoch.

„Nein."

„Ich werde eine Fallkonferenz einberufen müssen."

„Wieso?"

„Schon vergessen? Sie haben alleine das Klinikgelände verlassen und waren heute nicht bei der Alkoholkontrolle. Zwei Verstöße innerhalb von vierzehn Tagen. Aber Sie haben

Glück. Ich stehe gerade etwas unter Zeitdruck, sodass ich den Termin für die Fallkonferenz erst mal aufschieben muss.

Mell sagte nichts dazu, sie dachte sich ihren Teil.

„Ich muss die Sitzung heute früher beenden", sagte die Melcher unglücklich. „Sie können den restlichen Tag zu Ihrer freien Verfügung nutzen."

Bei diesen Worten versagte ihre Stimme, sie wurde kreidebleich. Die Farbe schien so rasch aus ihrem Körper zu weichen, dass die Anwesenden befürchteten, Frau Melcher könne jeden Moment ohnmächtig werden. Sie schloss ihre Augen, atmete pfeifend und sackte plötzlich auf ihrem Stuhl zusammen.

„Wir müssen sofort einen Krankenwagen rufen. Sie sieht nisch gut aus", meinte Sven.

Joe hatte bereits sein Handy am Ohr.

16

„Pst...!"

Mell zuckte zusammen. Sie war in Gedanken gerade bei der kränkelnden Therapeutin. Als sie sich umdrehte, sah sie in ein wunderschönes, makelloses Gesicht.

„Ab sechzehn Uhr habe ich therapiefrei. Wenn du magst, können wir gemeinsam eine Runde joggen. Was hältst du davon?"

„Das trifft sich sehr gut, denn für heute habe ich auch nichts mehr auf meinem Plan stehen."

Mell schlüpfte rasch in ihre Joggingklamotten, zog die knallrote wasserabweisende Jacke über und wartete an dem verabredeten Treffpunkt.

„Du hast mit Kevin Kroke auf der Bank gesessen und bist händchenhaltend durch den Park geschlendert", sagte Mel.

„Woher weißt du das?"

„Ich habe Euch beobachtet. Du hast mich wirklich nicht bemerkt, oder?"

„Nein."

„Dann mache ich meinen Job offensichtlich gut. Sei vorsichtig", warnte sie Mell erneut.

„Und? Was erzählt dein Kevin so?"

„Er ist nicht mein Kevin."

„Was nicht ist, kann ja noch werden."

Die Schöne schmunzelte, sodass ihre Grübchen zum Vorschein kamen.

Mell merkte, dass ihre Handflächen feucht wurden. Seit der Begegnung im Park hatte sie immer wieder an ihn denken müssen. Ihr Verstand sträubte sich noch ein wenig gegen ihre Gefühle, aber das, was er ihr anvertraut hatte, hatte etwas in ihr ausgelöst. Sehnsucht, Verlangen …

„Kevin erzählte mir, dass seine Frau nach dem Tod ihrer Großmutter das Einfamilienhaus und ein beachtliches Vermögen erben sollte."

„Ist mir doch alles bekannt."

„Nur, sie hatte in ihrem Testament verfügt, dass ihre Enkelin lediglich in den Genuss des Erbes kommen würde, wenn sie vierundzwanzig drogenfreie und achtzehn Monate als verheiratete Frau nachweisen kann."

„Das hat er dir erzählt?"

„Ja, und noch viel mehr. Sie war mehr als zwei Jahre vollkommen abstinent und konnte heiraten, wen sie wollte."

„Im Testament war nicht bestimmt, dass sie Kevin zu ihrem Mann nehmen musste? Habe ich das richtig verstanden?", fragte die Schöne überrascht.

„Ja, wie er sagt, musste sie lediglich eine bestimmte drogenfreie Zeit und eine Ehe von achtzehn Monaten nachweisen."

„Seltsam", gab die Schöne nachdenklich von sich.

„Ehrlich", begann Mell ihren Satz. „Warum sollte ein Mann, der sich für einen Beruf entschieden hat, Menschen zu helfen, seine Frau, die er über alles liebt, umbringen lassen?"

„Weil sie die Kohle und eine Affäre nach der anderen hatte?"

„Das ist zu einfach", sagte Mell barsch. „Dann hätte ich Mike erst recht den Schädel einschlagen müssen, nach allem, was er mir angetan hat."

Die Schöne schaute Mell intensiv an.

„Du hast dich in Kevin verliebt."

Bei diesen Worten schenkte sie Mell ein verschmitztes Lächeln, das ihre Grübchen wieder zum Vorschein brachten.

„Du spinnst doch."

Mell spürte, wie eine leichte Schamröte ihr Gesicht umgab.

„Hat man damals den Hundehalter ausfindig machen können?"

„Du glaubst ihm die Version der Geschichte von dem Hund und dem Unbekannten von der anderen Straßenseite?"

„Ja, das tue ich. Der Hundebesitzer muss irgendwas beobachtet haben, denn nach Kevins Erzählungen hatte er den Vierbeiner an diesem Abend zweimal gesehen; als er vor seinem Haus stand, und als er auf dem Gehweg aufwachte."

„Wenn er dir so wichtig ist, kann ich meine alten Beziehungen spielen lassen."

Mells Miene nahm einen nachdenklichen Ausdruck an.

„Ich werde die Therapie vorzeitig abbrechen", sagte sie, jetzt das Thema wechselnd.

Während die Schöne die Aussage ihrer Mitpatientin ohne Kommentar zur Kenntnis nahm, begannen sie, sich langsam auf dem festen Untergrund fortzubewegen.

„Mel", sagte sie. „Ich kann das nicht …"

Gerade als sie eine Erklärung für ihre Entscheidung abgeben wollte, erhielt sie unerwartet einen kräftigen Seitenhieb.

„Hast du den Typen schon mal in der Klinik gesehen, der gerade an uns vorbeigelaufen ist?"

Mell blieb auf der Stelle stehen, drehte sich um und schaute nachdenklich dem davonlaufenden Mann hinterher.

Nein, nicht dass ich wüsste."

„Sicher?"

„Warte mal. Nach der Erscheinung zu beurteilen, könnte er es durchaus gewesen sein, der sich mit der Melcher unter meinem Fenster unterhalten hat."

„Unter deinem Fenster? Und warum sagst du mir das erst jetzt?"

„Wir hatten bisher keine Gelegenheit, miteinander zu sprechen. Außerdem war ich der Ansicht, dass der Inhalt des belauschten Gesprächs zum Test gehörte.

„Was denn für ein Test?"

„Ach, ist nicht so wichtig. Wie schon gesagt, ich werde die Therapie sowieso abbrechen."

„Und, konntest du verstehen, worum es in diesem angeblichen Testgespräch gegangen war?", hakte die Detektivin aufgelöst nach.

„Der Fremde soll es zu Ende bringen", hatte die Melcher von ihm verlangt.

„Deine Therapeutin hat das von jemanden gefordert? Was denn zu Ende bringen?"

„Das Gesicht von Mel(l) Sofi(y) zu zerstören." Der Schönen wurde bei der Antwort schwindelig, sie taumelte einen Moment. In ihrer Erinnerung sah sie Alina entstellt und schwer verletzt in der Wohnung liegen.

„Mein Gesicht zerstören?", flüsterte sie mit aufgerissenen Augen. „Wir müssen unbedingt mit der Melcher reden und sie nach dem Namen des Mannes fragen, der mir das antun soll", verlangte die Schöne aufgeregt.

„Das macht aber keinen Sinn", sagte Mell. „Michael Jella ist gegangen worden."

„Wie gegangen worden?"

„Er hatte einen Rückfall und musste die Therapie abbrechen."

Die Schöne wurde blass. Ihr Herz zog sich zusammen, ihre Hände zitterten. Sie war wie gelähmt.

„Wir sollten jetzt zurücklaufen. Ich fühle mich nicht wohl", sagte Mel verzweifelt.

17

Von

ihrem Zimmer aus konnte Mell den größten Teil des Hofes überblicken. Letzte Nacht hatte es zu schneien begonnen. Die Bäume, Gehwege, Autos, alles war von einer weißen Schneedecke verzaubert. Sie beobachtete andere Mitpatienten, die ihre Autoscheiben freikratzten.

An den Wochenenden konnte man in der Klinik bleiben und das sportliche Angebot in der Turnhalle oder das Freizeitangebot im Park in Anspruch nehmen. Alleingänge außerhalb des Klinikgeländes waren nicht so gerne gesehen, aber geduldet. Mell hatte keine Lust auf nichts und niemanden. Die Schöne lag krank im Bett und Kevin war gestern schon nach Hause gefahren.

Sie ging in ihr kleines Badezimmer. Als sie sich im Spiegel betrachtete und ihre Wimpern tuschte, dachte sie an Kevin und daran, dass sie nicht sehr viel über ihn wusste, außer das, was er ihr selbst erzählt hatte und was sie von Mel wusste. Den Entschluss, das zu ändern, hatte sie spontan gefasst. Kevin war für sie mehr als nur ein Mitpatient, und sie würde lügen, würde sie etwas anderes behaupten.

Kurz entschlossen zog sie den schwarzen Rock an, der gerade ihre muskulösen Oberschenkel verdeckte, und sie wählte die einzige sexy Bluse, mit dem besonders weiten Ausschnitt, der freizügig ihr Dekolleté zeigte, die sie eingepackt hatte. Zweifellos zeigte sie zu viel von ihrem Brustansatz und zu viel Bein. Es war auch nicht die richtige Kleidung für die kalte Jahreszeit. Egal, sie wollte sexy aussehen. Nur für ihn. Sie betupfte ihren Hals und ihre Handgelenke mit einem verführerischen Duft.

Entschlossen setzte sie sich in ihren schwarzen Astra, gab die Adresse von seinem Zettel in ihr Navi ein. Fast am Ziel angelangt, bemerkte sie, dass die Stimme aus dem Navi sie im Kreis schickte. Mell erinnerte sich an Kevins Worte und fuhr zweimal rechts, einmal links und dann geradeaus. Bereits nach kurzer Zeit war sie am Ziel angelangt.

Draußen vor seiner Haustür hüllte sie sich fester in ihre Jacke und überlegte, ob es die richtige Entscheidung war, unerwartet vor seiner Türe zu stehen. Eine Weile stand sie einfach nur da.

Kevin Kroke war überrascht, als jemand unangemeldet bei ihm klingelte. Er öffnete die Türe.

„Hallo", säuselte Mell.

Als sich ihre Blicke trafen, durchfuhr es sie wie ein Blitz, und sie spürte, dass es absolut richtig war, bei ihm aufzutauchen.

„Hallo Mell, das ist ja eine Überraschung."

Er legte seine Arme um sie, streifte dabei kurz mit seinem Pullover ihr Gesicht und drückte ihr verlegen einen schnellen Kuss auf die Wange. Mit dieser Berührung merkte Mell die Hitze in sich aufsteigen, und sie bekam weiche Knie.

Sie blieb einen kurzen Moment im Flur stehen, bevor sie ihren Mantel an den freien Garderobenhaken aufhängte. Ihr Blick fiel auf die alte Kommode, auf der Schlüssel und Handy lagen.

„Setz dich doch."

Kevin starrte auf ihre Beine, als sie seiner Aufforderung folgte. Nervös stellte sie ihre Handtasche auf den mit Zeitungen beladenen Tisch ab und ließ sich in den Sessel fallen. Aufgeregt durchquerte Kevin den Raum.

„Entschuldige die Unordnung, aber ich war auf Besuch nicht vorbereitet."

Der Großteil des Wohnzimmertisches wurde von ausgeschnittenen Zeitungsartikeln, diversen Büchern und einem abgegriffenen Strafgesetzbuch eingenommen, und sie erkannte ein paar von seinen Kleidungsstücken auf dem Boden, Sessel und auf dem Sofa, die er auch schon in der Klinik getragen hatte.

Auf einer Titelseite der herumliegenden Zeitungen entdeckte Mell einen hervorgehobenen Aufmacher in Großbuchstaben:

HUNDEHALTER FÜHRT POLIZEI ZUM TÄTER

Neugierig überflog sie den Artikel.

„Das ist ja abgefahren. Warum hast du es mir nicht erzählt?", fragte Mell und hielt ihm die Zeitung entgegen.

„Wollte ich ja, aber …"

Kevin suchte geschwind seine Klamotten zusammen, die er überall im Raum verstreut hatte und verschwand damit in das angrenzende Zimmer.

Mell sah ihm nach. Er war sogar von hinten anziehend. Ob sein Po nackt genauso knackig aussieht wie in der Jeans? Sie ertappte sich dabei, wie ihre Gedanken hin und her rasten. Kaum erkennbar schüttelte sie den Kopf. Sie hatte sich geschworen, sich vorerst mit keinem Mann mehr einzulassen, aber daran konnte sie sich nicht halten. Sie legte die Zeitung zurück auf den Tisch, ohne zu zögern, folgte sie ihm. Ihr Körper sehnte sich nach seinem Körper.

In seinem Schlafzimmer waren die Vorhänge zugezogen, das Bett ungemacht. Das Laken hing an den Seiten herunter und war völlig zerwühlt. Nur eine kleine Nachttischlampe erhellte das Zimmer und verbreitete ein schwaches Licht.

„Ich habe es mir so sehr gewünscht, dass du kommst", sagte Kevin und breitete seine Arme nach ihr aus. Mell konnte nur Umrisse seines Gesichtes erkennen. Ein überwältigendes Verlangen machte sich in ihr breit, als er langsam so nah auf sie zutrat, dass sie seinen Atem spüren konnte. Jetzt wird es passieren, dachte sie abenteuerlustig und spürte, wie bei dem Gedanken, sich mit ihm einzulassen, eine leichte Schamröte ihr Gesicht umgab.

„Ach, Kevin", sagte Mell hilflos, als sie in seinen Augen das Verlangen aufblitzen sehen konnte. Sie pressten ihre Körper fest aneinander, und sie versanken in einem langen, leidenschaftlichen Kuss, bevor er sie sanft auf das Bett legte. Begierig ließ er seine Hände über ihren Körper wandern, legte seine rechte Hand auf ihr freizügiges Dekolleté. Ihre Lippen berührten sich erneut, während er langsam ihre Bluse aufknöpfte. Behutsam ließ Kevin seine

Finger in ihren BH gleiten und umfasste gefühlvoll ihre Brust. Mell zog ihm den Pullover über den Kopf und ließ ihn auf den Boden fallen. Eilig half sie ihm, sich aus seiner Jeans zu befreien und tastete nach seiner harten Männlichkeit. Zärtlich, aber bestimmt, zog er erst ihren Rock, dann ihren Slip aus, und Mell empfing ihn sehnsüchtig. Als Kevin behutsam in sie eindrang, schien sich der Boden unter ihr zu teilen. Mell krallte ihre Nägel in seinen Rücken. Sie hatten sich geliebt, zunächst fordernd und heftig, dann langsam und zärtlich. Sie konnten gar nicht genug voneinander bekommen. Seine Hände waren überall. Später, als Mell ihn sanft auf die Stirn geküsst hatte, bemerkte sie seine regelmäßigen Atemzüge. Sie beobachtete ihn liebevoll, und dann fiel ihr der Zeitungsartikel wieder ein.

Mell schlich sich leise aus dem Schlafzimmer. Als sie plötzlich ein Geräusch hörte, steckte sie den Artikel ungefragt in ihre Handtasche.

„Lust auf einen Kaffee?", fragte Kevin.

„Gerne", antwortete Mell verlegen.

Sie hörte ihn lautstark in der Küche hantieren.

„Hast du keine Kaffeemaschine?"

„Kaputt. Sie hat einfach ihren Geist aufgegeben."

„Auch keinen Wasserkocher?"

„Nein."

„Typisch Junggesellenhaushalt", stellte Mell fest und amüsierte sich über die Kaffeezubereitung, mit Filtertüte und heißem Wasser aus dem Topf, wie zu Omas Zeiten.

18

Heute

wird ein wundervoller Tag werden, dachte Mell. Der Himmel war blau, und die Sonne brachte den frostigen Boden zum Glitzern. Genau das perfekte Wetter, um beim Joggen den Kopf freizubekommen. In ihrem Inneren tobte immer noch der von Kevin entfachte Vulkan.

Mell wartete ungeduldig auf die Schöne, um sich ihr endlich mitteilen zu können. Sie sah zum dritten Mal in fünfzehn Minuten auf ihre Uhr. Wo zum Teufel bleibt sie nur? Ob sie immer noch krank im Bett lag?

Mell nahm ihr Handy aus der Ladestation und verstaute es in ihrer Laufgürteltasche, zog die schwarze Sporthose und die winterfesten Laufschuhe an. Sie streifte ihre knallrote Sportjacke über, mit Fleecestirnband, Schal und Handschuhen verließ sie das Zimmer in der Hoffnung, Mel auf dem Flur abzufangen.

Die Kopfhörer des kleinen Radios versorgten sie während der sportlichen Aktivität mit Musik, aktuellen Nachrichten und schirmten Außengeräusche so gut ab, dass sie nur das

Auftreten ihrer Füße auf dem harten Boden spüren und ungestört ihren Gedanken an die verheißungsvolle Nacht mit Kevin freien Lauf lassen konnte. Die Erinnerung daran brachte sie innerlich zum Lächeln. Sie spürte immer noch seine Hände auf ihren Körper, aber es fühlte sich auf einmal nicht mehr richtig an, dass sie es zugelassen hatte, obwohl er das Verlangen nach körperlichen Kontakt zum Leben erweckt hatte.

Gestern war ihr so ziemlich alles egal gewesen, doch jetzt dachte sie mit gemischten Gefühlen darüber nach, was die anderen wohl denken könnten, wenn sie davon Wind bekommen würden. Mell wurde unruhig und verkrampft. So schnell sie konnte lief sie die vertraute Strecke ab, die durch das klinikeigene Gelände führte, um sich von dem bedrückenden Gefühl zu befreien.

Ein einsamer Jogger kam ihr entgegen, ohne einen Blick auf sie zu werfen. Die Anstrengung vertrieb ihre Gedanken für einen Moment und hatte etwas Beruhigendes. Ihr Körper entkrampfte sich wieder. Mell verlangsamte ihr Tempo, um tief durchatmen zu können. Sie merkte sehr bald, dass sie eine fürchterliche Kondition hatte. Dennoch gab sie sich erst nach einer Stunde geschlagen und war

verärgert über ihre schlechte Leistungsfähig-
keit. Ihre Beine zitterten, sie spürte einen stechenden Schmerz in der Seite und in ihrer
Brust. Außer Atem behielt sie ihre Armbanduhr
im Auge. Schon zehn nach elf. Noch fünfzig Minuten bis zum Mittagessen. Ihr knurrte der Magen, und sie wünschte sich eine heiße Dusche
und saubere Klamotten.

Der schlechte Radioempfang ließ Mell für einen kurzen Moment pausieren. Gerade als sie
damit beschäftigt war, den kleinen Weltemp-
fänger aus der Laufgürteltasche zu fischen, um
das Rauschen abzustellen, packte sie jemand
von hinten und warf sie zu Boden. Als sie versuchte, auf die Füße zu kommen, spürte sie einen harten Schlag am Kopf. Sie torkelte und
fiel erneut auf die Erde. Ihre Augen suchten
den Boden ab. Nichts, hier lag noch nicht einmal ein Ast oder Stein in ihrer Reichweite, mit
dem sie sich verteidigen konnte. Als sie sich erneut aufgerappelt und umgedreht hatte, blickte
sie in ein vermummtes Gesicht. Es war, als
würde ihr Herzschlag jeden Augenblick aussset-
zen. Sie hörte nur das Blut in ihren Ohren rauschen und spürte einen heftigen Fußtritt in den
Magen. Für einen Augenblick sah sie alles ver-
schwommen und kämpfte gegen die aufsteigende Übelkeit an. Es überfiel sie die nackte
Angst, als der kleine, dicke Angreifer an ihren

Haaren zerrte. Sie versuchte, mit beiden Armen ihr Gesicht zu schützen. Während des Kampfes spürte sie plötzlich einen Schlag auf ihre Nase. Fast der Ohnmacht nahe und ohne nachzudenken, sprang sie auf die Füße, verpasste dem Feind einen Tritt zwischen die Beine. Als er sich krümmte und wie ein nasser Sack auf die Knie sank, nutze Mell die Gelegenheit und rannte davon.

ein Geräusch aus Mells Zimmer kam, zuckte die Schöne zusammen. Sie war gerade auf dem Weg zu ihr, um sie zum Sport abzuholen. Seltsam, dachte sie, wieso ist die Türe nur angelehnt?

„Mell", rief sie. „Sorry für die Verspätung. Können wir los?"

Keine Antwort.

„Mell, bist du da?"

Durch den winzigen Türspalt nahm die Schöne einen Schatten wahr und plötzlich öffnete sich die Türe ganz langsam, wie von Geisterhand geführt. Instinktiv machte sie einen Schritt nach vorne.

Bevor sie überhaupt irgendetwas realisieren konnte, packte sie jemand am Hals, bis sie keine Luft mehr bekam und zog sie in das Zimmer. In Sekunden sorgte der Angreifer dafür, dass sie noch nicht einmal mehr Piep sagen konnte. Sie wäre fast erstickt, so tief wurde ihr etwas in den Mund gestopft. Sie wehrte sich, versuchte zu schreien und schlug um sich.

Während des Kampfes verrutschte seine Maske.

„Keinen Mucks, du gottverdammte Polizeischlampe!"

Der maskierte Mann hielt sie fest am Arm gepackt und ein Messer an die Wange, um ihr zu zeigen, dass jeder Fluchtversuch zwecklos sein würde.

„Keinen Ton, sonst hast du es ganz schnell hinter dir."

Angst und der Knebel in ihrem Mund hemmten ihre Zunge, Panik lähmte ihren Körper. Sie fragte sich, was er mit ihr vorhatte, während jeden Augenblick Mell zurückkommen könnte. Sie japste nach Luft und versuchte sich bemerkbar zu machen. Ehe sie einen klaren Gedanken fassen konnte, spürte sie, wie die warme Flüssigkeit von ihrer Wange bereits den Hals hinunterlief. Erst jetzt bemerkte sie, dass er seine Drohung wahrgemacht hatte. Der Schmerz der Schnittwunde durchdrang ihren Körper. Sie stöhnte auf.

„Wenn du weiter so stöhnst, dann kann ich für nichts garantieren."

Als sie dachte, der Schmerz könnte nicht unerträglicher werden, traf seine Faust ihr Gesicht. Sie taumelte und fiel hin. Am Boden liegend trat er sie in den Bauch und erneut in ihr Gesicht. Sie fühlte eine offene Wunde am

Mund und hatte das Gefühl, alle Zähne verloren zu haben. Als sie mit der Zunge über ihre Lippen leckte, schmeckte sie das Eisen.

Seine Stimme klang fast freundlich, als er sagte:

„Ich kümmere mich um dich. Mach dir keine Sorgen. Erinnerst du dich noch an deine beste Freundin? Jetzt bekommst du endlich das, was du verdienst, genauso wie Alina Reuter. Als ich ihr das Kissen aufs Gesicht drückte, zuckte sie nur ganz kurz. Sie ist seit Jahren tot, aber du kannst die Vergangenheit offensichtlich nicht ruhen lassen und tauchst einfach hier auf. Du bist schlimmer, als ein Parasit, eine Zecke, der man den Kopf abtrennen sollte. Aber ich werde dich ganz langsam aufschlitzen und dein schönes Gesicht bis zur Unkenntlichkeit bearbeiten und dir anschließend die Zunge und Finger abschneiden, damit du weder schreiben noch etwas sagen kannst."

Mel war sich bewusst, mit wem sie es hier zu tun hatte, denn nur der Täter konnte wissen, was mit ihrer besten Freundin passiert war.

Er war es. Es war Michael Jella, dem sie seit Jahren hinterherjagte. Bevor sie ihn anflehen konnte, sie zu verschonen, erhielt sie einen harten Schlag auf den Kopf, worauf sie das Bewusstsein verlor und am Boden liegen blieb. Als sie nach einer Weile zu sich kam, bemerkte sie den unerträglichen Schmerz in ihrem Gesicht. Nachdem sie feststellte, dass Zunge und Fingerglieder noch vorhanden waren, stellte sie sich einfach tot, in der Hoffnung, er würde von ihr ablassen.

20

Mells

Herz schlug wild vor Panik und Anstrengung in ihrer Brust. Kurz bevor sie in Schweiß gebadet und außer Atem den klinikeigenen Parkplatz erreicht hatte, hörte sie eine aufgeregte Stimme über Lautsprecher:

„Bitte bewahren Sie Ruhe und benutzen Sie die Fluchtwege, bitte bleiben Sie ruhig und verlassen Sie unter gar keinen Umständen das Klinikgelände."

Mell sah, dass der komplette Bereich um das Gebäude bereits abgesperrt war. Sie hielt Ausschau nach Kevin und entdeckte ihn neben Joe am Absperrband sowie das weitere massive Polizeiaufgebot. Von Sven war nichts zu sehen.

Die Menschen strömten nach draußen auf den Hof, bildeten Grüppchen und versammelten sich um die Polizeiwagen, die bereits auf dem großen Platz vor dem Klinikgebäude parkten. Es herrschte Aufregung, ein wildes Umherlaufen, lautes Stimmengewirr. Mell blickte in erschrockene Gesichter. Entsetzt und ängstlich schaute sie sich um. Fremde, die Mell noch niemals gesehen hatte, versuchten mit lauten Befehlen, Hysterie zu verhindern. Unweit von der Eingangstüre standen weitere Männer in Polizeiuniform.

Mell bahnte sich einen Weg durch die Menschen, die sie anstarrten, als wäre sie ein Geist. Mit einem beklemmenden Gefühl marschierte sie schnurstracks auf Kevin zu. Seine Gesichtszüge wirkten versteinert. Er brachte noch nicht einmal bei ihrem Anblick ein Lächeln zustande.

Seine Gleichgültigkeit verletzte Mell sehr, nachdem, was zwischen ihnen gewesen war. Sie biss sich auf die Lippe und versuchte, sich nichts anmerken zu lassen.

„Mell, wir dachten, … ich dachte …", stotterte er vor sich hin. „Oh, mein Gott! Was ist denn mit dir passiert? Du hast ja Nasenbluten!".

Er zog ein Päckchen Taschentücher aus der Jackentasche.

Mell fasste sich an ihre Nase und fühlte eine Kruste. Langsam sah sie an sich herunter und entdeckte das Blut auf ihrer roten Jacke. Kevin legte seine rechte Hand auf ihre Schulter. Mit der anderen gab er den zwei Männern, die an der Tür diskutierten, ein Handzeichen. Ein korpulenter Mann in Uniform und ein drahtiger, gutaussehender Mann kamen langsam auf sie zu. Ich bin überglücklich, dich zu sehen", sagte Kevin jetzt aufrichtig und drückte liebevoll ihren Arm.

„Was ist denn hier los?", fragte Mell und musterte ihn skeptisch.

Sie hatte das Gefühl, ihr Herz würde aus ihrer Brust springen, als Kevin von dem Geschehen berichtete.

„Weißt du näheres?"

„Eine Frau wurde in Zimmer 122 überfallen."

„Ist sie tot?", fragte Mell. „Wer ist sie?"

„Mell, hast du nicht zugehört? Eine Frau wurde in Zimmer 122 überfallen."

Entsetzt riss sie die Augen auf, als sie Kevins Worte realisierte.

„Aber … aber das ist doch mein Zimmer!"

Kevin reagierte nicht auf ihre Feststellung. Er durchbohrte sie lediglich mit einem fragenden Blick.

21

Mit

dem immer lauter werdenden Martinshorn machten die Patienten der Klinik dem mit Blaulicht ankommendem Rettungsfahrzeug den Weg frei.

Zwei Sanitäter sprangen aus dem Wagen, einer davon trug einen großen Koffer. Sie holten die auf Rädern fahrende Ambulanzliege aus dem hinteren Teil des Rettungswagens, klappten die Metallbeine aus und verschwanden im Foyer.

Das Opfer lag zugedeckt auf der Trage. Die braune Farbe, die auf getrocknetes Blut schließen ließ, schimmerte durch das weiße Tuch. Beide Oberarme lagen frei. Am rechten Arm war eine Manschette angelegt, wahrscheinlich um den Blutdruck zu überprüfen, vermutete Mell. Am linken Arm bemerkte sie einen Gurt, der normalerweise für die Legung des Zugangs benötigt wird. Vom Kopf waren lediglich die verklebten, langen blonden Haare zu erkennen. Über dem leblosen Körper hingen am Kopfende zwei Infusionsflaschen an einem Ständer.

Mell hörte ein bekanntes Geräusch, als der rechte Arm von der Bahre fiel und schlaff runterhing. Sie erkannte Mels silberne Armreifen.

Mit Unterstützung eines maschinellen Gerätes wurden die Trage in den Wagen gehoben, die Türen geschlossen.

Entsetzt blickte sie zwei großen runden, hellen Kreisen hinterher, die immer kleiner wurden, den Rücklichtern des Krankenwagens. Das Geräusch der eingeschalteten Sirene hallte noch lange nach.

Plötzlich wurde ihr übel. Sie schaffte es gerade noch bis zum ‚Med. Bereich'.

22

„Wie

heißen Sie?", fragte der dickere Polizist von beiden, der sich fortwährend mit einem Taschentuch die Schweißperlen von der Oberlippe wischte, als sie sich von der Menschenmasse distanziert und in eine ruhige Ecke zurückgezogen hatten. Er hatte sich Mell gegenüber als Polizeihauptkommissar Herbert Wild vorgestellt.

Mell schaute ihn an, sagte ihren Namen und versuchte, sich ihre Abneigung gegen diesen unsympathischen Polizisten nicht anmerken zu lassen.

„Frau … Frau Sofy?" wiederholte er fragend ihren Namen, und zeigte auf seine Begleitung.

„Das ist Frank Sofi, der Ex-Ehemann des Opfers."

Ohne zu zögern, reichte der drahtige, gutaussehende Mann ihr freundlich die Hand.

„Freut mich sehr, Sie endlich kennenzulernen. Mel hat mir schon viel über Sie erzählt. Haben Sie eine Vermutung was sie in Ihrem Zimmer wollte?"

Mell hörte gar nicht richtig zu. Als er sich ihr

vorstellte, lief es ihr kalt den Rücken herunter. Sie erinnerte sich daran, als Mel ihr in der Sauna von Alina Reuter und von dem Aus ihrer Ehe berichtet hatte. Demnach war Frank Sofi mit dem Fall bestens vertraut.

„Frau Sofy?", sprach Frank sie erneut an.

Bevor er jedoch noch weitere Fragen stellen konnte, wurde er von Herbert Wild in einem bestimmenden Ton unterbrochen.

„Herr Sofi, es handelt sich hier um eine laufende Ermittlung, daher muss ich Sie bitten, uns jetzt alleine zu lassen. Ich kann mir vorstellen, dass Sie aufgewühlt sind, aber wagen Sie es nicht, nur weil Sie mit dem Opfer bekannt und selbst Polizist sind, auf eigene Faust zu ermitteln."

Franks Miene verdüsterte sich, er verengte die Augen, als der Polizeihauptkommissar ihn in die Schranken wies.

„Bitte, Frau Sofy, meine Karte für alle Fälle. Schließlich weiß man nie, ob man mal einen kompetenten Polizisten braucht, nicht wahr?", meinte er zu Mell. Mit diesen Worten verschwand er.

„Frau Sofy, haben Sie eine Vermutung, was Mel Sofi in Ihrem Zimmer wollte?", wiederholte Polizeihauptkommissar Wild die zuvor von Frank Sofi gestellte Frage.

„Wir waren zum Laufen verabredet", antwortete sie betroffen.

„Und wie haben Sie sich die blutige Nase geholt?"

„Können wir die Befragung nicht auf morgen verschieben?", fragte Mell und konnte es kaum erwarten, von ihm wegzukommen.

„Nein, können wir nicht."

Seine schroffe Ausdrucksweise gefiel Mell ganz und gar nicht.

„Ich war Joggen. Jemand hat mich von hinten angegriffen. Als ich auf dem Boden lag, spürte ich einen heftigen Schmerz in der Magengegend", sagte sie wie in Trance.

Mell legte instinktiv die flache Hand auf ihren Bauch.

„Wurden Sie sonst irgendwo verletzt?"

„Nein."

„Was geschah dann?", fragte er. „Haben Sie den Angreifer erkannt?"

„Nein, es ging alles so schnell."

Mell schloss die Augen und ließ die Szene noch einmal Revue passieren.

„Ich habe ihm einen Tritt zwischen die Beine verpasst."

„Sie haben ihm in den Unterleib getreten?"

„Ja, und das mit Erfolg. Aus den Augenwinkeln konnte ich noch sehen, dass der Angreifer zu Boden gegangen war."

„Überlebensmechanismus", stellte Wild fest.

Erst jetzt fiel die ganze Anspannung von Mell. Ihre Unterlippe zitterte, ein sicheres Zeichen dafür, dass sie ihre Tränen nicht mehr zurückhalten konnte. Sie hielt beide Hände vor ihr Gesicht und weinte jetzt hemmungslos.

„Warum glauben Sie, wurden Sie angegriffen?"

„Keine Ahnung."

Wild verschränkte die Arme. Er merkte die Ablehnung, die Mell gegen ihn hegte.

„Wirklich? Was verschweigen Sie mir?"

„Nichts", sagte sie.

„Sind Sie mit dem Opfer befreundet?"

Mell nickte verhalten.

„Wissen Sie, warum Mel Sofi in der Klinik war?"

„Selbstverständlich. Alkohol- und Drogenmissbrauch. Das volle Programm halt."

Der Polizist blickte zu Boden. Als er wieder aufsah, hielt Mell seinem durchbohrenden Blick nicht stand und schaute an ihm vorbei.

„Frau Sofy, wenn Sie eine Vermutung haben sollten, wer Ihrer Freundin das angetan haben könnte, sollten Sie mit mir sprechen."

„Ich weiß wirklich nichts."

„Halten Sie sich bitte weiterhin zu unserer Verfügung", meinte der Polizist genervt.

23

Eigentlich

wurde es nicht gern gesehen, wenn Patienten Klinikangestellte im Krankheitsfall einen Besuch abstatten, da die Beziehung ein reines Arzt-Patienten-Verhältnis bleiben sollte. Doch für Mell war es kein Besuch, hier ging es um viel, viel mehr. Hier ging es um Leben und Tod.

Sie klemmte sich hinter das Steuer, startete den Motor und verließ mit quietschenden Reifen das Klinikgelände.

Während sie an der roten Ampel stand, schossen ihr unzählige Fragen durch den Kopf. War jetzt der richtige Zeitpunkt, Frau Melcher wissen zu lassen, dass sie jedes gesprochene Wort zwischen ihr und dem Fremden gehört hatte und deshalb vermutete, dass sie Schuld daran hatte, was Mel zugestoßen war?

Ein Hupen riss sie aus ihren Gedanken. Die Ampel zeigte grün.

Das Krankenhaus war ein flaches Gebäude und mit dem Auto gut zu erreichen. Da sie außerhalb der regulären Besuchszeit vorfuhr, fand Mell problemlos einen Parkplatz direkt vor dem Eingang neben einem Einsatzfahrzeug der Polizei.

Bewusst blieb sie noch eine Weile im Wagen sitzen, da sie den Moment fürchtete, Frau Melcher gegenüberzutreten, die vermutlich von der Krankheit gezeichnet war. Da Mell sie nur von den wenigen Therapiesitzungen kannte, hatte sie anstandshalber einen Blumenstrauß besorgt.

Mit langsamen Schritten ging sie durch die Krankenhauseingangstüre und machte vor der Information halt.

„Wie kann ich Ihnen weiterhelfen?", fragte eine junge Frau hinter der Glasscheibe.

„Ich möchte zu Frau Gisela Melcher."

Die freundliche Frau schaute im Computer nach. Ihre Miene wurde ernst.

„Sie liegt auf der Palliativstation, dritte Etage, Zimmer Nr. 30 B."

„Danke", sagte Mell und ging Richtung Aufzug. Sie folgte den Hinweisschildern, bog am Ende des Ganges ab, um zur Palliativstation zu gelangen. Am Ziel angelangt, atmete sie noch mal tief durch, bevor sie an die Tür anklopfte. Ohne eine Antwort abzuwarten, drückte sie geräuschlos die Türklinke herunter.

Durch den leicht geöffneten Türspalt drang jedes gesprochene Wort an ihr Ohr.

„Ich wusste doch nicht, dass sie noch lebt."

Die Stimme, die das sagte, kannte Mell bereits. Sie klang lallend und ungeduldig.

„Willst du damit sagen, dass du sie verletzt im Zimmer zurückgelassen hast?", fragte die Melcher gequält.

„Sie lag regungslos auf dem Boden. Ich dachte, sie wäre tot. Erst als der Krankenwagen mit heulender Sirene davonbrauste, wusste ich, dass sie noch lebt."

„Hör endlich auf zu jammern, und lasse dir stattdessen etwas einfallen. Bring sie endlich zum Schweigen. Sie wird uns sonst um Kopf und Kragen bringen."

„Wahrscheinlich geht es nur noch um meinen Kopf", sagte der Fremde verächtlich. „Du siehst aus, als wärst du dem Tod gerade von der Schippe gesprungen."

„Es ist völlig nebensächlich, was mit mir wird. Ich habe dich angeheuert und dir das Doppelte gezahlt, damit du dich um sie kümmerst."

Der Fremde starrte aus dem Fenster. Kurz dachte er darüber nach, der Melcher zu beichten, dass Mel Sofi Polizistin und hinter ihm her gewesen war, und dass es nicht so einfach war, jetzt an sie ranzukommen, da sie unter Polizeischutz gestellt wurde.

„Ich hasse alle brünetten Frauen, die sich mit Alkohol, Drogen und Prostitution selbst zerstören. Sie haben es nicht verdient, einfach so weiterzuleben. Hinzukommt, dass sie immer wieder aufgefangen und geliebt werden. Sieh mich an! Was ist mit mir? Wer liebt mich? Ich konnte mir mein Aussehen nicht aussuchen. Der Staat übernimmt auch noch die Kosten für die Therapie, obwohl die meisten von ihnen doch wieder rückfällig werden, und alles war für die Katz. Genauso wie bei dir", schrie sie ihn angewidert an. Ihre Stimme hatte sich bei den letzten Worten überschlagen. In ihr lag abgrundtiefer Hass.

Mell erstarrte. Ihr Puls stieg an, während sie realisierte, was Frau Melcher mit ihren Worten meinte. Während die Therapeutin förmlich nach Schönheit lechzte, zahlte sie viel Geld dafür, die Schönheit anderer zu zerstören, wie bei Mel.

Mell klammerte sich an dem Türgriff, als wäre sie kurz vor dem Absturz. Sie sollte ganz schnell das Weite suchen, dachte sie unbeweglich. Von allen Dingen, die hätten passieren können, musste ausgerechnet sie Zeugin dieser Auseinandersetzung werden. Ein kalter Schauer durchzog ihren Körper, und sie konnte ihre Gliedmaßen nicht mehr kontrollieren. Sie war unfähig, einen klaren Gedanken zu fassen. Bevor sie weiter darüber nachdenken konnte, wie sie sich jetzt verhalten sollte, hielt sie den Atem an, aus Angst, durch den winzigen Spalt entdeckt zu werden. Mehrere Minuten waren vergangen, ohne dass jemand auf sie aufmerksam wurde.

Insgeheim wünschte sie sich, dass alles nur ein böser Traum wäre. Doch die keifenden Stimmen aus dem Krankenzimmer bestätigten, dass dem nicht so war. Langsam beruhigte sich ihr Puls, und als sie sich einigermaßen im Griff hatte, zog sie unbemerkt die Türe wieder zu. Die Blumen hielt sie fest umklammert, dass ihre Handknöchel ganz weiß hervortraten. Verkrampft setzte sie einen Fuß vor den anderen, und sie wünschte sich nichts sehnlicher, als dem Krankenhaus ganz schnell den Rücken zu kehren und sich der Polizei anzuvertrauen.

„Was ist denn mit Ihnen los. Sie sind ja leichenblass."

Sie war so sehr in ihre eigenen Gedanken versunken, dass sie nicht mitbekommen hatte, dass Frank, der Polizist und Ex-Mann von Mel Sofi, aus dem Aufzug gestiegen war.

„Hallo", gab sie wie ferngesteuert von sich.

Er merkte zwar, dass sie etwas sagen wollte, hakte aber nicht nach, weil er von einem Mann im weißen Kittel angesprochen wurde.

„Herr Sofi?"

„Ja."

„Sind Sie Mel Sofis Ehemann?"

„Ex-Mann", korrigierte er den Arzt.

„Mein Name ist Dr. Mirco, leitender Chefarzt der internistischen Intensivstation. Es ist gut, dass ich Sie hier antreffe. Wir müssen reden."

„Nur zu."

Er sah Frank Sofi mitfühlend an. Wahrscheinlich dachte er, dass Mell und Frank ein Paar waren, denn er hielt sich nicht an die ärztliche Schweigepflicht.

„Wir haben Ihre Exfrau auf die Intensivstation verlegen müssen. Ihr Zustand hat sich drastisch verschlechtert."

Mell presste die Lippen aufeinander. Diese Worte durchzuckten sie wie ein Blitz.

Der Polizist wurde kreidebleich. Er sah aus, als würde er den Boden unter den Füßen verlieren.

„Durch das Schädel-Hirn-Trauma sind Komplikationen aufgetreten. Wir haben in der Computertomographie festgestellt, dass sich Hirnödeme gebildet haben."

„Und was bedeutet das?"

„Durch den unterbrochenen Blutfluss können Gehirnzellen aus Sauerstoffmangel absterben und Folgeschäden verursachen."

„Oh mein Gott", sagte er und schlug vor Entsetzen die Hand vor den Mund.

„Ihre Ex-Frau wird zurzeit mit einem entwässernden Medikament behandelt. Außerdem wird ihr intravenös ein Präparat verabreicht, das aus den Zellen Flüssigkeit zieht, um den Druck im Gehirn zu nehmen."

„Wird sie wieder gesund?"

Der Arzt überlegte, in seinem ratlosen Blick bewegte sich nichts.

„Darüber sollten wir uns unterhalten, wenn sie wieder bei Bewusstsein ist. Wenn der Druck im Gehirn weiterhin sinkt, hat sie durchaus gute Chancen."

„Das wäre …" Frank stockte, und es schien, als müsste er sich beherrschen, nicht zu weinen.

„Kann ich mit ihr sprechen?"

„Nein, Ihre Frau ist ohne Bewusstsein, Wahrscheinlich wird sie nie mehr ganz die Alte werden. Organisch kriegen wir sie wieder hin aber optisch? Sie hat Einblutungen unter der Netzhaut und schwere Hornhautverletzungen. Die zugefügten Schnitte im Gesicht sind zwar nicht mehr lebensbedrohlich, aber es werden hässliche Narben bleiben. Diese können wir nicht wegzaubern, aber wir können sie nach und nach korrigieren. Wenn Sie zu ihr möchten, sie liegt auf Zimmer 34 B."

Mell wurde es flau im Magen, als sie kombinierte, dass die Melcher und Mel nur durch zwei Zimmer getrennt waren, und dass der Typ sein Werk ohne große Mühe zu Ende bringen könnte.

„Sprechen Sie mit ihr, erzählen Sie Geschichten, oder lesen Sie ihr aus einem Buch vor. Sie helfen ihr mit Ihrer Anwesenheit. Mehr können Sie leider für Ihre Frau im Moment nicht tun", empfahl der Arzt.

Nachdem der Doktor über Pieper angefunkt wurde, ließ er den verstörten Frank einfach stehen.

Mell blickte diesem unsensiblen Arzt verständnislos hinterher. Sie war sich sicher, das belauschte Gespräch zwischen der Melcher und dem Unbekannten nicht jetzt mit ihm zu thematisieren.

„Herr Sofi, ich muss später dringend mit Ihnen reden. Es geht um den Überfall auf Mel."

„Jetzt aber nicht. Ich … ich kann jetzt nicht. Es gibt viel zu tun", sagte er apathisch.

Die Vorstellung, ihr Wissen nicht sofort mit ihm teilen zu können, versetzte sie abermals in Panik, denn Mel war in Gefahr.

„Rufen Sie mich an."

Er gab ihr erneut seine Visitenkarte, und sie nickte verständnisvoll.

Als Frank Sofi mit schnellen Schritten die Klinik verlassen hatte, fühlte Mell sich furchtbar. Dennoch unternahm sie einen weiteren Anlauf und blieb wie elektrisiert vor der Zimmertüre ihrer Therapeutin stehen.

24

Mit

einem mulmigen Gefühl im Bauch legte Mell zum zweiten Mal an diesem Tag ihre Hand auf die Türklinke. Gerade als sie sie herunterdrücken wollte, öffnete diese sich nahezu lautlos und der fremde Mann stieß fast mit ihr zusammen.

Frau Melcher starrte Mell wie das achte Weltwunder an, als sie sie im Türrahmen stehen sah.

„Mel(l) Sofi(y), was … was machen Sie denn hier?", stotterte sie und schaute den Mann unglaubwürdig an. Die Miene des Fremden erstarrte, als er den Namen hörte und ihr gegenüberstand. Hinter seinen Schläfen pochte es. Fassungslos eilte er an ihr vorbei.

Mell schaute ihm hinterher, der sich noch einmal kurz nach ihr umdrehte und mit dem Kopf schüttelte. Mell war sich sicher, dass er nicht derjenige war, der sie im Park angegriffen hatte, aber derselbe, der sich mit der Melcher unter ihrem Fenster unterhalten hatte.

Gisela Melcher lag erschöpft im Bett. Ihre Haut war blass und ihr Gesicht genauso weiß wie das riesige Kopfkissen. Ihre Augen waren von dunklen Schatten umgeben und lagen tief in den Höhlen. Sie wirkte verloren in dem Bett und war bereits vom Tod gezeichnet.

„Wie geht es Ihnen?"

„Wie ... wie soll es mir schon gehen?", wisperte sie und schnappte qualvoll nach Luft.

Mell sah die Bitterkeit in ihren Augen und die mit Narben entstellte Gesichtshälfte, die sie jetzt nicht mehr mit ihren Haaren verdecken konnte, da diese bereits durch die Chemotherapie ausgegangen waren, und sie spürte, dass sie nicht willkommen war. Ganz und gar nicht willkommen war.

„Das tut mir sehr leid. Ich wollte auch nicht stören. Ich wollte Ihnen lediglich einen kurzen Besuch abstatten, um mit Ihnen etwas zu besprechen."

Die Kranke zeigte auf den Strauß in Mells Hand.

„Besorgen Sie erst mal eine Vase."

Mell hatte in der Aufregung die Blumen ganz vergessen. Als sie mit dem mit Wasser gefüllten Gefäß in der Hand zurückkam, stellte sie es auf dem kleinen Tisch ab.

„Danke", sagte Frau Melcher schwerfällig.

Sie drückte den roten Knopf, um die Schwester zu rufen.

„Die Spatzen pfeifen es bereits von den Dächern, dass Sie sich mit Kevin Kroke eingelassen haben."

„Woher wissen Sie das?", fragte Mell perplex.

„Ich brauche Schmerzmittel", stöhnte sie, anstatt Mells Frage zu beantworten.

Als die Schwester hereinkam und die Infusion wechselte, wurde Mell freundlich gebeten, das Zimmer zu verlassen.

„Was geht hier vor. Woher weiß die Melcher von meiner Beziehung zu Kevin", sagte sie leise vor sich hin, als sie nachdenklich den Zündschlüssel ins Schloss steckte. Ihr Magen krampfte, in Gedanken schüttelte sie sich bei dem Todesanblick der Kranken. Sie war wirklich nur noch ein Schatten ihrer selbst.

Mell stieg wieder aus dem Auto. Sie eilte durch die Krankenhauseingangstüre und ging durch die Gänge zur Intensivstation.

Vor Mels Krankenzimmer saß ein Polizist, der gedankenvoll in der Fachzeitschrift ‚ADAC Motorwelt' blätterte.

„Jeder Versuch ist zwecklos. An mir kommen Sie nur mit einer Genehmigung vorbei", sagte der Beamte freundlich, als Mell das Krankenzimmer ihrer Freundin betreten wollte.

Mell verstand erst jetzt, was Frank Sofi mit seiner Aussage, es gäbe viel zu tun, gemeint hatte. Sie war beruhigt, dass ein Polizeischutz für ihre Freundin abgestellt wurde und tatsächlich auch funktionierte. Wenn sie schon nicht zu ihr konnte, hatte der Fremde erst recht keine Chance, an Mel ranzukommen, um sie eventuell zum Schweigen zu bringen.

„Sind Sie nicht die Partnerin von Herrn Sofi?", fragte Dr. Mirco, der gerade aus Mels Zimmer kam.

Mell nickte nur.

„Das ist gut. Es wird der Patientin guttun, wenn jemand bei ihr ist."

Der diensthabende Arzt bestätigte mit einem winzigen Kopfnicken dem Personenschutz, dass er Mell Einlass gewähren könne.

„Kommen Sie."

Mell erschrak, als sie die Schöne im Bett liegen sah. Sie erstarrte bei ihrem Anblick. Die Schöne lag regungslos da, angeschlossen an Maschinen. Ihr Gesicht war völlig entstellt, kaum wiederzuerkennen. Es war übersät mit Schürf-, Quetsch-, Platz- und unzähligen Schnittwunden. Die Blessur am rechten Auge war fachmännisch geklammert. Mell bemerkte die notdürftig behandelte lange Narbe, die sich quer durch das Gesicht zog, beginnend unterhalb des linken Auges bis zum Hals quer über die Nase. Ihre Lippen waren blutleer, Arme und Hände, die auf der Bettdecke lagen, waren nur noch Knochen, fast ohne Haut. Die Kanüle war durch ein Pflaster am Handrücken fixiert. Mell beobachtete, wie die Flüssigkeit vom Infusionsbeutel durch den Infusionsschlauch langsam in Mels Blutbahn tropfte.

Sie hatte es sich neben der Komapatientin auf dem Krankenhausstuhl einigermaßen bequem gemacht. In Erinnerung sah sie Mel Sofi an ihrem Aufnahmetag vor sich. Und jetzt … jetzt war nichts mehr übrig geblieben von der hübschen Frau, die einst mit ihr in der langen Stuhlreihe gesessen hatte.

Dr. Mirco kontrollierte den Überwachungsmonitor.

„Sie ist eine Kämpfernatur", sagte er ungefragt.

„Ihr Gehirn …" Mell vollendete den Satz nicht.

„Wie ich bereits schon Herrn Sofi sagte, der Druck ist zurückgegangen, und das ist ein Zeichen dafür, dass schwerwiegende Gehirnschäden wahrscheinlich nicht zu befürchten sind.

„Kann ich etwas tun?"

„Sprechen Sie mit ihr, auch wenn Sie keine Antwort bekommen."

Dr. Mirco ging langsam zur Tür und drehte sich noch einmal um.

„Wie heißen Sie eigentlich?"

„Sofy. Mein Name ist Sofy"

„Sofi(y)? Dann sind Sie gar nicht die Freundin von Herrn Sofi, sondern ein Familienmitglied?"

Mell schwieg.

„Richten Sie ihm bitte aus, er sollte hier bei ihr sein. Sie braucht ihn."

Mell nickte wieder nur. Sie sah keine Veranlassung, sich vor Dr. Mirco zu rechtfertigen, um das Missverständnis der Namensgleichheit richtigzustellen.

Mell trat an das Kopfende des Bettes und befreite die Schöne von einer schmierigen Haarsträhne, die sich über ihr geschwollenes Auge gelegt hatte und beobachtete die Komapatientin. Es war mucksmäuschenstill im Zimmer. Bis zu diesem Augenblick hatte sie keine Vorstellung, dass Verletzungen einen Menschen dermaßen entstellen konnten. Das war ein Anblick, den sie sich nicht einprägen wollte. Sie spürte zunehmend einen Kloß in der Kehle und kämpfte gegen die aufsteigenden Tränen an.

Wieder schaute sie auf den halbleeren Infusionsbeutel und wünschte sich, dass sie mit jedem Tropfen, der in ihre Blutbahn gelangte, lebendiger werden würde. Mell wünschte sich so sehr, dass die Schöne die Augen öffnen würde.

„Du musst aufwachen, Mel. Ich weiß etwas, was du unbedingt wissen solltest. Außerdem braucht Frank deine Hilfe, um das Monster zu finden, das dir das hier angetan hat.

Sie redete mit ihr, wie es der Doktor vorgeschlagen hatte.

„Mel, erinnerst du dich noch, als du mir auf den Kopf zugesagt hattest, ich sei in Kevin Kroke verliebt? Du hattest recht. Ich war das ganze Wochenende mit ihm zusammen. Vielleicht ist es Liebe, oder aber uns verbindet nur die gegenseitige Anziehungskraft. Wer weiß das schon."

Gedankenverloren lächelte Mell und versuchte das erneute Begehren zu ersticken, das die Erinnerungen an das erfüllte Wochenende in ihr auslösten.

„Auf seinem Wohnzimmertisch habe ich einen Zeitungsartikel entdeckt, der zum Inhalt hat, dass Kevin doch nichts mit dem Tod seiner Frau zu tun hat. Er ist unschuldig."

Sie kramte in ihrer Handtasche, holte den Artikel hervor und wedelte damit vor ihrem Gesicht hin und her.

„Hör zu", sagte sie, als könnte Mel alles verstehen.

Der Mord an der 38-jährigen drogenabhängigen Claudia K. ist aufgeklärt. Polizei und Staatsanwaltschaft teilen mit, ein 45 Jahre alter Mann aus der Drogenszene sei verhaftet worden. Bei dem Tatverdächtigen handele es sich um den Geliebten des Opfers.

Claudia K. wurde vom Ehemann tot in der Badewanne aufgefunden. Er gab an, nur einen Dobermann gesehen zu haben, der auf den Namen ‚Lady' gehört hatte. Die Mordkommission ist diesem abstrusen Hinweis des Ehemannes dennoch nachgegangen. Eine konkrete Spur zu dem Täter habe sich schließlich ergeben, als zahlreiche Hinweise aus der Bevölkerung zum Hundehalter bei der Polizei eingegangen waren. Aufgrund der Aussage des Hundehalters, der einen Mann aus dem Haus rennen sah, bevor der Ehemann dort eingetroffen war, hatte die Polizei ihn anhand der genauen Täterbeschreibung festnehmen können. Aus ermittlungstechnischen Gründen werden weitere Einzelheiten nicht bekannt gegeben.

„Ist das nicht toll?"

Mell legte die Hand auf die Bettdecke.

„Ist das nicht toll?", wiederholte sie und drückte sachte den knöchernen Arm der Schönen.

„Bitte passen Sie besonders gut auf die Patientin auf", sagte Mell zu dem Beamten beiläufig, als sie ging.

Bevor sie endgültig die Rückfahrt antrat, schaute sie doch noch mal bei der Therapeutin vorbei, um zu erfahren, woher sie das mit Kevin wusste, und wer der Fremde war.

Sie stand noch ein paar Minuten vor der schlafenden Frau, lauschte auf ihre kaum hörbaren Atemzüge.

Enttäuscht darüber, dass die Melcher nicht ansprechbar war, verließ sie gefrustet das Zimmer.

25

Es

war fünf Uhr morgens, viel zu früh, um aufzustehen. Mell hatte fast kein Auge zugetan, sie wälzte sich von einer Seite auf die andere. Die belauschte Unterhaltung setzte ihr sehr zu. Obwohl sie bisher immer alles geschafft hatte, wenn auch auf Umwegen und mit Unterstützung, überkam sie jetzt ein Gefühl der totalen Hilflosigkeit.

Mell suchte noch vor dem Frühstück die Patientenverwaltung auf.

„Frau Sofy, es steht Ihnen selbstverständlich frei, unter diesen besonderen Umständen die Klinik zu verlassen. Wir werden auf jeden Fall Kontakt mit dem Rentenversicherungsträger aufnehmen und die Verantwortlichkeit der Kosten klären. Kommen Sie bitte nach dem Mittagessen. Bis dahin haben wir sicherlich alles geregelt."

Mell bedankte sich und verließ das Büro. Sie konnte spüren, wie ihr die Frau hinterherstarrte.

Mit gemischten Gefühlen betrat Mell den Speisesaal und setzte sich an den bereits von Joe, Sven und Kevin besetzten Tisch.

Während Joe ihr oberflächlich zunickte und seinen Kaffee schlürfte, fixierte Sven sie mit eiskalten Augen. Er rückte angewidert von ihr ab. Seine Hände hielten den Kaffeebecher fest umklammert, sodass sie seine verletzten Knöchel sehen konnte. Unweigerlich zuckte Mell zusammen und verspürte Furcht. Sie stützte sich mit beiden Händen auf die Tischplatte, beugte sich nach vorne. Sie nahm ihn ins Visier.

„Was hast du gemacht?", fragte sie und deutete dabei auf seine verletzten Knöchel.

Sven versteckte seine Hände verlegen unter der Tischplatte.

„Was soll die Fragerei? Isch bin gefallen", stotterte er und schaute dabei verlegen weg.

Mell fasste sich an den Kopf und es fiel ihr wie Schuppen von den Augen.

Am Tag des Überfalls auf Mel stand er nicht mit Kevin und Joe am Absperrband. Er hat die Gestalt des Angreifers und seine Hände sind verletzt.

Er war es. Er hat mich angegriffen, hämmerte es in ihrem Kopf, während ihr Atem immer schneller ging. *Soll ich ihn hier, vor allen Leuten, zur Rede stellen?*

„Ich werde die Therapie abbrechen", sagte sie stattdessen in die Runde, ohne Sven aus den Augen zu lassen. Sein intensiver Blick, der sie unverschämt durchbohrte, bewirkte, dass sich ihr Magen zusammenzog.

„Ich verstehe nicht ganz", entgegnete Kevin völlig überrascht, der in Svens Gesicht sehen konnte, dass hier etwas nicht stimmte.

Als Joe und Sven den Frühstückstisch verlassen hatten, rutschte Kevin so nah an Mell heran, dass sich ihre Oberschenkel berührten.

„Du willst mich verlassen?"

„Nein, nicht dich. Die Klinik. Das Risiko, dass ich diesem Geisteskranken noch einmal in die Hände falle, möchte ich ..."

Mell verschluckte den Rest des Satzes.

„Kevin, ich kann nicht hierbleiben, nachdem was passiert ist."

Er strahlte sie an und nahm sie fest in seine Arme.

„Ich werde dich begleiten, damit du sicher zu Hause ankommst", säuselte er ihr ins Ohr. „In zwei Tagen werde ich sowieso entlassen."

„Das ist wirklich nicht nötig."

Sein Atem streifte warm ihren Halsansatz. Sie warf ihm einen geschmeichelten Blick zu und spürte, dass es zwecklos sein würde, ihm sein Vorhaben ausreden zu wollen.

Er nahm ihre Hände und drückte liebevoll zu. Mell empfand diese zärtliche Berührung als sehr angenehm.

„Ich will immer für dich da sein, ganz gleich was passiert, egal wie viele schlechte Erfahrungen wir gemacht haben oder noch machen werden. Die Vergangenheit soll Vergangenheit bleiben, und nichts soll uns mehr auseinanderbringen."

„Das kann ja nur Liebe sein", frotzelte Mell nachdenklich.

Sie sah ein belustigendes Leuchten in seinen Augen.

Mell konnte sich nach der Trennung von Mike kaum daran erinnern, wann sie sich in Gegenwart eines Mannes so wohlfühlte. Kevin hatte das Herz auf dem richtigen Fleck.

Am späten Nachmittag verließen sie gemeinsam im schwarzen Astra das Gelände der Klinik.

„Was hältst du davon, wenn wir für eine Weile erst mal zu mir fahren? So wärst du für die Polizei schneller erreichbar, falls sie noch Fragen haben."

Sie blickte ihn aus dem Augenwinkel ernst an.

„Du kannst mich aber auch erst bei mir absetzen und dann direkt weiterfahren, wenn dir das lieber ist", schlug er nach einer Weile vor.

„Nein, nein. Wir fahren zu dir. Du hast recht. Ich sollte mich im Rahmen der polizeilichen Ermittlungen zur Verfügung halten. Außerdem hätte ich einen kürzeren Anfahrtsweg zum Krankenhaus, falls ich die Schöne besuchen möchte."

Ich bleibe auf jeden Fall so lange, bis ich mit Frank Sofi gesprochen habe, waren ihre Gedanken.

„Komm rein in die gute Stube", sagte er und hielt Mell die Tür auf. Keine Minute später hatte er auch schon seine Hände um ihre Taille gelegt und küsste sie zärtlich.

„Kevin, ich bin gerade nicht in Stimmung", meinte sie.

Ihm war aufgefallen, dass Mell etwas beschäftigte. Er hatte das Gefühl, als wollte sie ihm etwas sagen, hielt sich aber zurück. Eine Weile saßen sie wortlos nebeneinander, bevor er einen zweiten Anlauf nahm, und er erneut seine Arme um sie legte. Dabei beschleunigte sich ihr Herzschlag, als seine warmen Lippen sie liebkosten. Er strahlte etwas aus, dem Mell einfach nicht mehr wiederstehen konnte.

Sie hatten den angebrochenen Tag zur Nacht gemacht. Beide waren wild und hungrig nach körperlicher Liebe. Während sie sich außer Atem im Bett hin und her wälzten, spürte Mell ein unerklärliches Gefühl für Kevin. Er weckte ihre Leidenschaft geschickt, dass sie nicht genug von ihm bekommen konnte. Wie betäubt schlang sie ihre Beine um seinen Unterkörper. Er passte sich ihrem wilden Rhythmus an. Schweißbedeckte Haut rieb aneinander. Das Kopfende des Bettes stieß laut gegen die Wand. Mells Schreie übertönten sein lustvolles Stöhnen, als er zum Orgasmus kam. Irgendwann ließen sie sich erschöpft auf das zerwühlte Laken fallen. Seine Hände streichelten sanft ihren Körper und seine Lippen kamen ihren immer näher. Mell rollte sich auf die Seite. Er drückte seine Brust fest gegen ihren Rücken und legte einen Arm sanft um ihre Taille.

„Was denkst du gerade?"

„Nichts", murmelte sie. „Ich glaube, ich werde jetzt schlafen."

Soll ich ihn endlich in mein Wissen einweihen, überlegte sie.

Am Folgetag hatte Kevin ein üppiges Frühstück gezaubert.

„Das war aber nicht nötig."

„Du hast sehr unruhig geschlafen. Lag das etwa an mir?", frotzelte er.

Mell setzte ein künstliches Lächeln auf.

„Nein, ausnahmsweise mal nicht. Ich muss immerzu an ..."

Sie presste ihre Lippen fest zusammen.

„Mell, was ist denn los? Was bedrückt dich so sehr, dass dich sogar nach einer so erfüllten Nacht nicht ruhig schlafen lässt?"

Sie erzählte ihm an diesem Morgen von dem unsympathischen Polizeihauptkommissar Wild, von der Namensgleichheit und von Mels Ex-Mann. Sie zitterte wie Espenlaub, als sie ihm von dem belauschten Gespräch zwischen der Melcher und dem Unbekannten erzählte, mit dem sie zusammengestoßen war. Und auch von der Vermutung, dass es Sven gewesen sein könnte, der sie im Park angegriffen hatte.

Kevin hörte schweigend zu.

„Kennst du den Namen des Mannes, der bei der Melcher im Krankenhaus war, oder ist er dir vielleicht mal in der Klinik über den Weg gelaufen?", fragte Kevin.

„Nein, weder das eine, noch das andere."

„Ich will mich nicht einmischen, aber ich werde mir Sven mal vornehmen. Und in der Zwischenzeit solltest du Kontakt mit diesem Polizeihauptkommissar Wild aufnehmen."

„Diesem Fiesling? Mit ihm will ich aber nicht reden."

„Solltest du aber. Die Polizei wird schon herausfinden, was hier geschehen ist."

26

Kevin

küsste Mell zärtlich auf die Wange, schnappte seine Jacke vom Haken und ging gemütlich zur Tür.

„Kann ich dein Auto nehmen? Umso schneller bin ich wieder bei dir."

„Selbstverständlich."

Er machte sich auf den Weg, um sich Sven Vall vorzuknöpfen.

Mell stand vom Frühstückstisch auf, um ein wenig Ordnung zu schaffen.

„Soll ich ihn oder vielleicht doch Polizeihauptkommissar Wild anrufen?", grübelte sie vor sich hin.

Sie musste sich endlich von dem Druck befreien. Das belauschte Gespräch lag wie eine Last auf ihren Schultern. Es drückte sie zu Boden, und sie hatte das Gefühl, unter diesem Gewicht langsam zusammenzubrechen.

Ihr Herz begann wild zu schlagen, als sie die Nummer wählte. Gefühlt ließ sie es eine halbe Ewigkeit klingeln, bis sich endlich eine monotone Frauenstimme meldete.

Hallo, dies ist der Anschluss von Frank Sofi. Bitte hinterlassen Sie eine Nachricht nach dem Signalton.

„Hier ist Mell Sofy, bitte rufen Sie mich dringend zurück", sprach sie ihm auf die Mailbox.

Mell hörte eine Autotür zuschlagen. Besorgt spähte sie aus dem Fenster und entdeckte ihren Wagen. Dann klingelte es auch schon an der Haustür.

„Kevin, warum schellst du denn? Hast du deinen Schlüssel vergessen?"

„Nein, habe ich nicht. Ich hätte wetten können, ihn eingesteckt zu haben."

Er suchte alles ab, ohne Erfolg.

„Hast du ihn hier irgendwo gesehen?"

„Nein."

„Mist, dann muss ich wohl in den sauren Apfel beißen, und bei nächster Gelegenheit den Schlüsseldienst aufsuchen."

„Und? Erzähl schon. Wie ist es gelaufen?"

Mell gab Kevin noch nicht mal Zeit, seine Jacke auszuziehen.

„Was meinst du?"

„Das Gespräch mit Sven. Du wolltest ihn doch zur Rede stellen?"

„Er hat alles zugegeben", sagte Kevin ohne Emotionen.

„Aber warum hat er mir das angetan?"

„Er wollte dir nur einen Denkzettel verpassen, weil du ihn in der Gruppe bloßgestellt hast. Du hast sein Ego verletzt."

„Was habe ich?"

„Ihn in seiner Männlichkeit gekränkt. Ich versuche mal, deine Worte wiederzugeben, die du Sven in der Therapiestunde an den Kopf geworfen hast."

„Mit geistig unterbelichteten Menschen hättest du eher ...“

„Ich weiß, was ich gesagt habe. Und deshalb fällt er über mich her?"

„Sieht ganz so aus. Und wenn ich ehrlich sein soll, kann ich ihn ein bisschen verstehen, dass er Groll gegen dich hegt, obwohl ich damals sehr beeindruckt war."

„Wie bitte?"

Mell starrte ihn mit offenem Mund an. Sie sah ihm in die Augen und fragte sich, auf welcher Seite er wohl stand.

Ein Anruf auf ihrem Handy unterbrach die Konversation mit Kevin. Frank Sofi rief endlich zurück. Er war sehr kurz angebunden und bat Mell, sich gleich morgen früh mit ihm im Krankenhaus zu treffen.

Als Mell um die Ecke auf den Parkplatz bog, sah sie eine große Gestalt, die sie stutzig machte. Das war er doch, der Typ, der bei der

Melcher war. In diesem Moment entschied sie sich, ihn zur Rede zu stellen. Ihre Nerven vibrierten. In Gedanken spielte sie durch, was ihr auf dem Parkplatz passieren könnte. Sie wusste natürlich, dass sie diesem riesigen Kerl körperlich unterlegen war, aber sie hielt es für ausgeschlossen, dass er sie, hier in der Öffentlichkeit, angreifen würde. Das Unbehagen, das sie bei seinem Anblick empfand, machte es ihr nicht leichter, auf ihn zuzugehen. Dennoch stieg sie aus ihrem Wagen, ging langsam auf den Fremden zu, ließ den Autoschlüssel zwischen ihren Fingern aus der geschlossenen Faust herausragen, um sich im Notfall wehren zu können. Sie würde ihm die Spitze des Schlüssels ins Auge oder in den Hals rammen.

Er schaute sie angewidert an.

Mell hielt die Luft an. Sie sah sich um. Niemand war zu sehen. Nur noch ein paar Schritte, noch zwei … Sie atmete die angehaltene Luft hastig aus.

„Na, schau mal an, wen haben wir denn da? Die andere Mell Sofy. Ich war ganz schön überrascht, als die Melcher dich mit diesem Namen angesprochen hatte."

„Das kann ich mir gut vorstellen, denn ich weiß, was Sie getan haben!"

Bei ihren Worten wurden seine Augen groß, sie signalisierten für einen Moment Angst.

Nachdem er sich wieder gefasst hatte, konnte Mell keine Regung in seinem Gesicht erkennen. Ganz im Gegenteil: er wirkte, als könnte niemand ihm etwas anhaben.

„Es ist zwar schon eine Ewigkeit her, aber ich bin ein Freund der Familie Sofi und ein sehr alter Bekannter von Alina. Kennst du Alina Reuter?"

Mell nahm den üblen Geruch von Alkohol wahr.

Seine Mimik veränderte sich. Erst beim näheren Hinsehen bemerkte sie, dass die dünne Haut unter den Augen aufgeschwemmt war; ein eindeutiger Beweis für übermäßigen Alkoholkonsum. Es war etwas Bedrohendes in seinen Augen, das Mell noch mehr Furcht einflößte. Er machte einen großen Schritt auf sie zu und baute sich wie eine Mauer vor ihr auf.

Mell bewegte sich keinen Millimeter. Sie widerstand ihrem Impuls, ihm aus dem Weg zu gehen oder davonzulaufen. Er sollte unter gar keinen Umständen merken, dass sie sich vor Angst fast in die Hose gemacht hätte.

„Deine Jogginggefährtin war einfach nur zur falschen Zeit am falschen Ort."

Mell schluckte. Seine Stimme klang gefährlich. Mit dem, was er von sich gab, wurde ihr bewusst, dass sie einen großen Fehler gemacht hatte, auf ihn zuzugehen. Sie verwarf ihren anfänglichen Plan, ihn zur Rede zur stellen. Als sie den ersten Schrecken überwunden hatte, fragte sie ihn mutig:

„Wer sind Sie und was wollen Sie von uns? Ich …", setzte sie an. „Ich werde …„

„Du wirst gar nichts tun."

„Zusammen mit Frau Melcher werde …"

„Die hat den Löffel abgegeben. Sie ist an Atemstillstand gestorben", sagte er triumphierend.

„Frau Melcher ist tot?"

Sie fragte sich, wie er reagieren würde, wenn sie jedes einzelne Wort wiederholen würde, dass im Streitgespräch zwischen ihm und der Melcher gesprochen wurde. So wie er sie jetzt ansah, war es aber wohl besser zu schweigen und die Angelegenheit tatsächlich der Polizei zu überlassen, denn sie wollte auf gar keinen Fall das gleiche Schicksal erleiden wie Mel.

Sie presste ihre Hände an die Schläfe und rannte davon.

Eine Spur zu laut schrie er ihr hinterher:

„Wie gesagt, deine Jogginggefährtin war einfach nur zur falschen Zeit am falschen Ort!"

27

Mell

ging außer Atem aufgeregt auf dem Gang auf und ab. Sie behielt dabei die Personalrufleuchte oberhalb der Patiententür im Auge. Der Polizeibeamte ging ebenfalls hin und her und bewachte Mels Krankenzimmer wie ein Luchs.

Oh, mein Gott, hoffentlich hat sich ihr Gesundheitszustand nicht verschlechtert, betete sie.

Das Licht der Leuchte wechselte von Rot auf Weiß. Als sich die Türe öffnete, blickte Mell in zwei zufriedene Gesichter. Dr. Mirco und Frank Sofi nickten ihr entspannt zu.

„Gehen Sie ruhig zu ihr", sagte Frank. „Wir treffen uns dann später in der Cafeteria."

„Ist sie aufgewacht? Kann ich mit ihr reden?"

Ihre Fragen waren an Dr. Mirco gerichtet.

„Sie schläft. Sie wird in einem künstlich herbeigeführten Tiefschlaf gehalten, damit wir sie vor äußeren Stressfaktoren bewahren können. Dieser Zustand kann noch eine Weile andauern. Der Gehirndruck hat sich stabilisiert, sodass einem Aufwachen dem Grunde nach nichts mehr im Wege stehen dürfte. Die äußerlichen Verletzungen sind zwar heftig aber nicht mehr lebensbedrohlich. Später werden wir allerdings noch zahlreiche Schönheitsoperationen durchführen müssen."

Überrascht über die Prophezeiung des Arztes setzte Mell sich auf den Stuhl, der neben dem Bett stand und beobachtete den leblosen Körper. Wie mager sie geworden war, nur noch Haut und Knochen. Die Schwellungen im Gesicht hatten sich zurückgebildet und unter ihren Wangen konnte Mell ein zartes Rosa sehen.

„Mel", sagte sie leise. „Beim letzten Besuch hatte ich dir doch von dem gemeinsamen Wochenende mit Kevin erzählt. Wir sind jetzt ein Paar und nicht nur das. Ich habe die Therapie abgebrochen und wohne derzeit bei ihm. Dein behandelnder Arzt geht davon aus, dass es nur noch eine Frage der Zeit sein wird, bis du wieder aufwachst. Diesen Augenblick möchte ich auf gar keinen Fall versäumen, deshalb ist es gut, dass ich mich vorübergehend bei Kevin einquartieren durfte, da er ja quasi um die Ecke wohnt. So kann ich dich jeden Tag besuchen."

Mell überlegte, ob es Sinn machen würde, ihr in ihrem Zustand von dem geheimnisvollen Gespräch zu erzählen. Eigentlich sollte sie es tun, denn die Schöne hatte sie damals auch ins

Vertrauen gezogen und gebeichtet, dass sie gar kein Suchtproblem habe, sondern als Detektivin eingeschleust war, um diesem Michael Jella auf die Spur zu kommen.

„Mel, da gibt es noch etwas, was ich dir unbedingt erzählen muss", sagte sie.

Durch laute Geräusche und Stimmengewirr aus dem anderen Zimmer wurden Mells Gedanken unterbrochen. Gerade, als sie ihr von den Ereignissen berichten wollte, war eine Krankenschwester gekommen, um nach dem Rechten zu sehen.

„Was ist denn das für ein Tumult da draußen?", wollte Mell wissen.

„Ach, nichts weiter. Zwei Zimmer weiter wird gerade eine Grundreinigung durchgeführt. Die Patientin wurde in ein Hospiz verlegt und ist dort nicht friedlich eingeschlafen. Sie ist keines natürlichen Todes gestorben."

Mell erinnerte sich an die Worte des Fremden.

„War es Gisela Melcher, die verstorben ist? Ist sie erstickt worden?"

„Tut mir leid, aber darüber darf ich Ihnen keine Auskunft geben."

„Bitte, es ist wichtig. Wenn Sie nichts sagen dürfen, geben Sie mir ein Zeichen."

Daraufhin nickte die Schwester wortlos mit dem Kopf.

„Danke, vielen Dank."

Eine junge Schwesternhelferin kam ins Zimmer.

„Herr Sofi hat mich gebeten, Ihnen auszurichten, dass er Sie in der Cafeteria erwartet."

„Nochmals danke", sagte Mell und ging hinaus.

28

Mell

verließ das Haupthaus und musste ellenlange
Wege zurücklegen, um zur Cafeteria zu gelangen. Sie stand vor dem Eingang, hielt Ausschau nach Frank Sofi und beobachtete durch
die Glasscheibe das rege Treiben. Menschen
eilten mit vollbepackten Tabletts zu den unbe-
setzten Zweier- oder Vierertischen.

Sie sah auf ihre Armbanduhr. Mittagszeit.

„Da sind Sie ja endlich", sagte Frank Sofi,
der wie aus dem Nichts hinter ihr auftauchte
und auf den gerade frei gewordenen Tisch am
Fenster zeigte.

„Nehmen Sie doch schon mal Platz. Heute
gibt es Bratkartoffeln und Leberkäse mit Spie-
gelei. Darf ich Sie dazu einladen?"

Für Mell war es unbegreiflich, jetzt an Essen
zu denken.

„Nein, dürfen Sie nicht. Außerdem habe ich
keinen Hunger".

Er legte den Kopf schief.

Ihr wurde sofort klar, dass sie ihm unhöflich
geantwortet hatte.

„Danke, aber eine Tasse Kaffee würde mir reichen", lenkte sie freundlich ein.

Er verzog verärgert sein Gesicht, als er das Tablett auf den Tisch abstellte und dabei die Papierservietten auf den Boden fielen.

„Haben Sie schon gehört, dass eine Patientin aus der Klinik hier im Haus verstorben ist?", wollte Frank wissen.

Mell wurde es mulmig.

„Ja, und der Typ wusste es bereits", sagte sie vor sich hin.

„Wie bitte? Welcher Typ?"

„Der Fremde."

„Frau Sofy, Sie sprechen in Rätseln."

„Ich bin ihm heute auf dem Parkplatz begegnet. Er brüstete sich damit, ein alter Freund Ihrer Familie zu sein."

„Hat er das gesagt?"

„Ja, außerdem sei er auch ein alter Bekannter von Alina Reuter."

„Was?"

Frank zog eine Braue hoch. Mell konnte ihm ansehen, dass es in seinem Kopf arbeitete.

„Wissen Sie seinen Namen?"

„Nein, aber dafür weiß ich, dass er mit Frau Melcher gemeinsame Sache gemacht hat."

„Und wer ist Frau Melcher?"

„Die Frau, die hier verstorben ist. Sie war auch meine Bezugstherapeutin."

Mell schaute sich vorsichtig um, hielt ihre Stimme gesenkt, aus Angst, jemand könnte mithören. Dann sprudelte alles aus ihr heraus, jedes Detail, sie sprach ohne Punkt und Komma, wie ein Maschinengewehr. Als sie den Inhalt des belauschten Gespräches wiedergab, zitterte sie wie Espenlaub, genauso wie bei Kevin, als sie sich ihm anvertraute.

Frank schob seinen halb vollen Teller beiseite. „Ausgerechnet heute habe ich keinen Block dabei."

Mell zeigte auf die Papierservietten vor ihm. Er machte sich Notizen, stellte einige Fragen.

Seine Stimme war die ganze Zeit über beherrscht.

„Die Melcher hat diesen Typen dafür bezahlt, dass er schönen Frauen das Gesicht zerschneidet, aus Rache, weil sie selbst so hässlich war? Und sie sprach von Brünetten? Sind Sie sich da ganz sicher?"

„Ja, da bin ich mir ganz sicher."

„Mel ist aber blond", stellte er überrascht fest und behielt Mell dabei im Auge.

Von einer Sekunde auf die andere wurde sie kalkweiß, denn sie begriff die Bedeutung seiner Worte. Entsetzt schrie sie kurz auf.

„Um Gottes willen! Jetzt verstehe ich auch sein Gerede, warum Mel zur falschen Zeit am falschen Ort gewesen war. Ursprünglich hatte er es auf mich abgesehen und deshalb war er auch in meinem Zimmer! Und wie ist er überhaupt dort ungesehen hereingekommen?"

Frank zuckte mit den Schultern.

„Können Sie den Typen beschreiben, der behauptet hat, Mel und Alina zu kennen?"

Mell versuchte, sich zu konzentrieren.

„Frau Sofy? Können Sie ihn beschreiben, der behauptet hat, Mel und Alina zu kennen?"

Dass er ihr eine Frage gestellt hatte, realisierte sie erst, als er sie wiederholte.

„Groß, breitschultrig. Er trug dreckige Jeans, einen schwarzen, verfilzten Wollmantel und eine dunkle Kopfbedeckung mit ..."

Mell überlegte.

„Was für eine Kopfbedeckung? Einen Hut oder eine Mütze?", fragte er jetzt ungeduldig.

„Keine Ahnung. Eine Kopfbedeckung halt. Wie in alten Zeiten. Eine Art Piloten- oder Fliegermütze mit Ohrenklappen."

„Konnten Sie die Haarfarbe unter der Mütze erkennen?".

„Nein. Er könnte eine Glatze gehabt haben, denn mir sind keine Haare aufgefallen. Sehr ungepflegt", beschrieb sie den Unbekannten weiter.„Ist Ihnen sonst irgendetwas Ungewöhnliches aufgefallen? Vielleicht eine andere Person oder ein Fahrzeug, mit dem er weggefahren ist?"

„Nein, er sah nicht aus, als könne er sich ein Auto leisten. Außerdem hatte er eine Alkoholfahne."

„Denken Sie in Ruhe nach. Jede Kleinigkeit kann von Bedeutung sein, auch wenn sie für Sie noch so unwichtig erscheint. Je mehr Informationen ich bekomme, desto einfacher ist es, ihn zu finden.

Mell juckte sich am Arm.

„Er hat ein Loch im Kinn."

„Ein Loch im Kinn? Sie meinen ein gespaltenes Kinn, so wie das von Kirk Douglas?"

„Ja, genau."

„Kennen Sie eigentlich Michael Jella?"

„Kennen, wäre zu viel gesagt", antwortete Mell wahrheitsgemäß. „Ihre Frau hat mir erzählt, dass sie sich seinetwegen in die Klinik hat einschleusen lassen. Außerdem hatte Frau Melcher in einer Therapiestunde erwähnt, dass Michael Jella aufgrund eines Rückfalles die Therapie abbrechen und die Klinik verlassen musste. Er ist schon längst über alle Berge."

Frank sprach seine Vermutung, wer Mel so zugerichtet haben könnte, nicht aus. Die Art der Verletzungen war für ihn eindeutig. Es war die gleiche Handschrift wie damals bei Alina.

„Das glaube ich nicht, dass er über alle Berge ist. Zumindest sehe ich eine Verbindung zwischen Alinas Tod und dem Überfall auf meine Ex-Frau.

„Glauben Sie, Michael Jella ist doch noch in der Nähe?"

„Ich glaube das nicht nur, ich weiß es."

Mell konnte nicht ignorieren, wie ihr bei seinen Worten mulmig wurde.

In seinem Gesicht lag ein seltsamer Ausdruck.

„Frau Sofy, eine letzte Frage. Sind Sie sich wirklich sicher, dass der Fremde vom Parkplatz nicht doch derjenige war, der Sie im Park angegriffen hat?"

„Er kann es nicht gewesen sein. Der, der mich angegriffen hat, war klein und dick. Es war Sven, Sven Vall, ein Mitpatient. Mein Freund hat ihn zwischenzeitlich zur Rede gestellt, und er hat zugegeben, mich aus persönlichen Gründen attackiert zu haben."

„Mmh ... kommen Sie, ich bringe Sie zu Ihrem Wagen. Gibt es zu Hause jemanden, der auf Sie aufpassen kann?"

„Kevin Kroke, ich wohne für eine Weile bei ihm."

„Das ist gut. Zwischenzeitlich überlegen Sie bitte, ob Sie nichts vergessen haben, mir zu erzählen und spielen Sie auf gar keinen Fall Detektivin. Haben Sie schon mit Polizeihauptkommissar Wild darüber gesprochen?", wollte Frank wissen.

„Nein."

Frank überlegte und sah sie angespannt an.

„Ich übernehme das für Sie. Behalten Sie erst mal alles für sich."

„Was haben Sie jetzt vor?", fragte Mell.

„Ich werde versuchen, meine Arbeit zu machen und der Sache auf den Grund gehen.

29

Mell durchgefroren zur Haustür hereinkam, war sie überglücklich, dass der Garderobenhaken, den Kevin immer benutzte, mit seiner Jacke belegt war. Er war zu Hause, und es duftete nach frisch aufgebrühten Kaffee. Sofort fühlte Mell sich sicherer.

„Du warst aber lange weg", stellte Kevin fest.

Unerwartet brach Mell in Tränen aus.

Ihm blieb nicht verborgen, dass mit ihr etwas nicht stimmte. Bevor ihre Nerven mit ihr durchzudrehen drohten, legte er beruhigend seine Hand auf ihren Arm.

„Komm, setze dich zu mir. Ich habe gerade frischen Kaffee gemacht."

„Ich bin ihm wieder begegnet. Ich bin ihm auf dem Krankenhausparkplatz begegnet", sagte sie aufgeregt.

„Wem bist du begegnet?"

„Dem Unbekannten, der mit der Melcher unter einer Decke steckt."

Kevin beugte sich nach vorne. Fragend hob er die Brauen und sah sie abwartend an.

„Und?"

„Und was?"

„Hat er etwas gesagt?"

„Ja, aber Frank Sofi hat mich gebeten, nichts auszuplaudern."

Sie stützte die Ellenbogen auf die Tischplatte und legte den Kopf in ihre Hände.

„Hast du Frau Melcher wenigstens noch mal aufgesucht und sie gefragt, mit wem sie sich da abgibt?"

„Nein."

„Warum denn nicht?"

„Hast du es denn noch gar nicht gehört?"

Er schüttelte den Kopf und zuckte mit den Schultern.

„Was denn?"

„Gisela Melcher ist tot", murmelte Mell und nahm einen Schluck Kaffee aus ihrer Tasse.

„Oh, das tut mir leid."

Mells Lippen zitterten vor Anspannung. Kevin lehnte sich betroffen zurück und strich sich mit den Fingern durch seine Haare.

„Und wie geht es Mel? Bei ihr warst du doch, oder?"

„Ja, sie ist Gott sei Dank auf dem Weg der Besserung. Es könnte gut möglich sein, dass sie sehr bald ihr Bewusstsein wiedererlangen wird."

Mell begann erneut zu zittern, und es schauderte ihr wie in einem Anfall von Schüttelfrost. Kevin stand vom Tisch auf. Er füllte einen Kochtopf mit Wasser, gab eine Tasse getrocknete Lavendelblüten hinzu und ließ es aufkochen. Nach ein paar Minuten siebte er den Lavendel ab und ging mit der duftenden Flüssigkeit Richtung Bad. Er drehte den Wasserhahn voll auf und gab das Duftwasser hinzu.

Mit unsicherem Gang folgte Mell ihm, ließ am Waschbecken kaltes Wasser über ihre Handgelenke laufen, bis ihr Kreislauf einigermaßen in Schwung kam, und sie sich etwas besser fühlte.

„Entspann dich", sagte er fürsorglich.

Ohne zu zögern, folgte sie seinem Rat, zog sich aus, setzte sich in die Wanne, den Kopf auf die Knie gestützt, während sie das Wasser beobachtete, das bereits ihre Waden umschloss. Das Wasser roch nach Lavendel, und Mell genoss das Aroma. Sie schloss ihre Augen und ließ sich ins Wasser gleiten. Sie fand tatsächlich für einen Moment Ruhe, obwohl die Ereignisse vom Vormittag in ihrem Kopf umherspukten.

Das Läuten an der Haustür ließ sie zusammenzucken. Sie zitterte vor Angst, denn sie konnte der Stimme des Besuchers ein Gesicht geben. Von Angst gepackt sprang sie aus der Wanne. Das Wasser tropfte von ihrem Körper auf den Boden. Mell wickelte sich in das Badetuch, das Kevin für sie bereitgelegt hatte. Wie elektrisiert wartete sie hinter der verschlossenen Badezimmertüre und hielt die Luft an. Abwechselnd wurde ihr heiß und kalt. Als sie die Wohnungstür laut ins Schloss fallen hörte, verweilte sie noch eine Weile auf dem Wannenrand, bevor sie in Jeans und Pulli das Bad verließ.

„Wer ... wer war das?", wollte Mell von Kevin wissen.

„Das war Roy."

„Roy?"

„Du kennst Roy nicht?"

Sie überlegte und schüttelte langsam den Kopf.

„Was wollte er denn von dir?"

„Er hat mir gesagt, dass die Melcher tot ist."

„Woher kennt er die Melcher?"

„Sie war seine Therapeutin."

In Mells Kopf fing es an zu arbeiten. Sie zählte eins und eins zusammen.

„Ist Roy groß und trägt eine seltsame Kopfbedeckung?"

„Ja, manchmal trägt er auch die komische Mütze. Mell, aber du warst doch dabei, als die

Melcher uns in der Therapiestunde über den Grund seiner Abwesenheit aufgeklärt hat."

„Die Melcher hat mit Sicherheit nicht von einem Mitpatienten namens Roy gesprochen."

„Ja, das stimmt, aber ..."

Mell ließ ihn nicht ausreden.

„Und warum nennst du ihn *Roy*?"

„Ich nenne ihn Roy wegen seines gespaltenen Kinns wie das von Roy Black halt."

Mells Augen wurden groß.

„Der Typ vom Parkplatz hat auch ein gespaltenes Kinn! Sein Name ist wahrscheinlich... „

Kevin beobachtete sie, wie sie krampfhaft versuchte, den Namen auszusprechen.

„Michael Jella", half er ihr auf die Sprünge.

„Warum hast du mir nicht gesagt, dass du ihn kennst?"

„Weil du immer nur von einem Fremden oder Unbekannten gesprochen hast."

„Er hat mit der Melcher gemeinsame Sache gemacht", sagte sie atemlos.

„Das glaube ich nicht. Er ist ein pathologischer Spieler und Trunkenbold und hat die Melcher gehasst, weil sie für seinen Therapieabbruch verantwortlich war.

„Kevin, wenn ich es dir doch sage. Michael Jella ist ein Mörder und derjenige, der die Schöne so übel zugerichtet hat. Seit Jahren ist Mel ihm auf den Fersen, da ihre beste Freundin durch ihn zu Tode gekommen ist", beteuerte sie verzweifelt. „Und jetzt ist er hinter mir her."

„Wie kommst du denn darauf?"

„Das ist eine lange Geschichte … und ich verstehe langsam die Zusammenhänge", meinte sie wie in Trance.

Er streichelte ihr über das Haar. Für einen Moment schloss Mell die Augen und versuchte, sich zu beruhigen.

„Kevin, hättest du etwas dagegen, wenn wir später weiterreden? Ich bin müde."

Angeschlagen ging Mell ins Schlafzimmer und legte sich in voller Montur auf das Bett. Über die Geräuschlosigkeit und das zuvor genommene Entspannungsbad spürte sie, wie ihre Augenlider langsam schwer wurden und zufielen.

Er ging derweil ins Bad.

Kevin kam unbedarft splitterfasernackt aus der heißen Dusche und beobachtete die schlafende Mell, die angezogen auf dem Bett lag.

Sie musste schlucken, als er sie zärtlich weckte. Baff schaute sie auf den nackten Körper. Die Erinnerung an ihren Mann ließ sie erstarren. Sie sah die fürchterlichsten Dinge, die Mike ihr vor Jahren angetan hatte. Sie konnte den Schmerz spüren, der in ihr hochkroch. Die

Erinnerung daran ließ ihren Puls höherschlagen.

Kevin erschrak, als er ihr blasses Gesicht vor sich sah, reagierte sofort und kroch unter das Bettlaken.

„Entschuldige bitte", sagte sie nach einer Weile, als sie sich wieder beruhigt hatte.

„Mein Mann hat mich ... er stand auch splitterfasernackt vor mir ... "

Mell erzählte Kevin alles, was sie mit Mike über die Jahre erlebt hatte.

Er hielt sie im Arm und hörte aufmerksam zu.

„Ich wollte dich doch nur auf andere Gedanken bringen", meinte er betroffen.

In einem plötzlichen Anfall von Abgespanntheit lag Mell in seinem Arm und starrte nachdenklich an die Decke.

Beruhigend streichelte er eine Weile ihren Arm.

„Geht es wieder", fragte Kevin liebevoll und zog sie an sich.

„Ja, es tut mir leid."

Sie kuschelte sich an ihn. Er umfasste mit beiden Händen ihr Gesicht, beugte sich zu ihr, bis seine Lippen zärtlich ihre berührten. Mell konnte sich jetzt kaum beherrschen. Erregt stöhnte sie vor Verlangen auf, als er ihre Jeans öffnete und sie ihr auszog. Als er ihre Arme über ihren Kopf hob und ihr den Pulli auszog, stöhnte sie erneut auf. Mell atmete immer schwerer, während er ihren Mund mit zahlreichen Küssen bedeckte. Er legte sich auf den Rücken. Mell setzte sich auf seinen Unterleib und spürte, wie er in sie eindrang und seine sanften Stöße empfing.

In diesem Augenblick vergaß sie alles um sich herum. Sie konnte nichts tun, außer sich ihm hinzugeben. Als sie voneinander ließen, waren beide außer Atem und völlig erledigt. Ihre Kehle war so ausgetrocknet, dass es ihr schwerfiel, ein Wort herauszubekommen.

„Bist du gar nicht durstig?", fragte sie mit belegter Stimme.

Kevin gab keine Antwort, dafür waren seine Atemzüge leise und gleichmäßig. Mell ging in die Küche, sie nahm sich eine Flasche Wasser aus dem Kühlschank, öffnete sie und trank daraus einen großen Schluck.

Ein leises Geräusch weckte ihre Aufmerksamkeit. Vorsichtig ging sie zum Fenster, entdeckte eine hochgewachsene Gestalt, in der sie glaubte, Michael Jella zu erkennen. Er lehnte lässig am Kotflügel ihres Wagens. Als er ihren Blick auf sich bemerkte, legte er seinen Kopf in den Nacken und machte eine Handbewegung, als würde er ihr die Kehle durchschneiden wollen. Sie japste nach Luft, die Flasche fiel ihr aus der Hand. Der Aufprall ließ Kevin sofort zu ihr eilen.

„Mell, was ist passiert?"

„Er lauert mir auf."

„Wer denn?"

„Michael Jella. Er weiß, dass ich hier bin. Hast du ihm gesagt, dass ich bei dir wohne?"

„Nein, ich dachte, er wäre schon längst auf und davon."

Kevin schaute aus dem Fenster, konnte aber niemanden sehen.

„Mell, draußen ist niemand. Du siehst Gespenster und leidest schon an Verfolgungswahn."

„Kevin", sagte sie. „Warum glaubst du, strolcht er hier herum? Er hat es auf mich abgesehen, deshalb war er auch in meinem Zimmer und die Schöne war lediglich nur zur falschen Zeit am falschen Ort."

„Quatsch".

„Welche Haarfarbe hat Mel?"

„Blond".

„Siehst du, die Melcher sprach von brünetten Frauen, um die er sich gegen Bezahlung kümmern sollte. Ich muss sofort Frank Sofi anrufen und ihn informieren, dass er hier ist."

30

Frank

stand fassungslos vor Mels Krankenbett und sah in das bleiche Gesicht und auf den leblosen Körper seiner Ex-Frau. Dass sie noch lebte, war nur am regelmäßigen Heben und Senken ihres Brustkorbes zu erkennen. Sie lag auf dem Rücken, ihre Arme und Hände lagen auf der weißen Bettdecke. Ihr Gesicht war bis zur Unkenntlichkeit zerstört.

Gerade als er das Krankenzimmer verlassen wollte, hörte er ein leises Räuspern, dann bewegte Mel die Finger. Ihre Lider zuckten, bevor sie blinzelnd die Augen öffnete. Frank stand zunächst ungläubig am Fußende. Er ging um das Bett herum und setzte sich auf die Bettkante. Er strich zärtlich über Mels Wange und nahm ihre Hand. In der gleichen Sekunde verkrampfte sich ihr Körper und sie bohrte ihre Nägel in seine Handfläche.

„Mel, ich bin bei dir. Ich hole Hilfe", sagte er aufgeregt.

Frank sprang vom Bett auf und rannte schreiend auf den Gang.

„Schwester! Schwester! Schnell, meine Frau braucht Hilfe, sie ist aufgewacht!"

Ein Doktor und eine Krankenschwester kamen aus dem Schwesternzimmer gerannt. Der diensthabende Arzt warf einen kurzen Blick auf die Patientin, fühlte ihren Puls, hob mit dem Daumen die Lider an und leuchtete mit einer Lampe in die Augen. Danach verabreichte er ihr intravenös ein Medikament.

„Die Pupillen reagieren auf den Lichteinfall. Es ist alles in bester Ordnung. Sie wacht tatsächlich auf", meinte er beruhigend.

"Wer hat dir das angetan?"

Die Schöne schluckte und konnte seinem Blick nur schwer standhalten. Es dauerte unendlich lange, bis sie seine Frage beantwortete, dass Frank kurzweilig glaubte, sie sei wieder ins Koma gefallen.

„Er war es", flüsterte sie mit gebrochener Stimme. „Er war es."

Als Franks Handy klingelte, wollte er das Gespräch zuerst entgegennehmen, ließ es aber, da er die Nummer nicht zuordnen konnte. Nach dem Anruf war ein Ton zu hören, der den Eingang einer Sprachnachricht bestätigte. Sofort schaltete Frank sein Handy komplett aus und steckte es weg.

„Entschuldige", sagte er.

„Mell und ich waren zum Sport verabredet. Als ich vor ihrer Türe stand, war sie nur angelehnt und durch den Türspalt hatte ich einen Schatten wahrgenommen. Doch bevor ich überhaupt irgendetwas realisieren konnte, packte mich jemand, steckte mir einen Knebel in den Mund und hielt mir etwas Kaltes an die Wange. Ich wusste gar nicht, was los war."

Mels Stimme versagte, sie schluchzte und drehte ihren Kopf zur Seite.

„Ich versuchte mich zu wehren, doch er schlug so heftig auf mich ein, dass ich das Gleichgewicht verlor und auf den Boden fiel. Ich war ihm vollkommen ausgeliefert."

Als sie ihren Kopf wieder zu ihm drehte, weinte sie.

„Alles, woran ich in diesem Moment denken konnte, war, mich einfach tot zu stellen."

Das Pochen des Blutes dröhnte in ihren Ohren, sie schloss für einen Moment die Augen.

„Lass dir Zeit, Mel. Ich weiß, du hast Schreckliches erlebt. Wir können ein anderes Mal weiterreden."

„Nein, nein."

„Und dann? An was kannst du dich noch erinnern?"

„Ich versuchte zu schreien und wehrte mich erneut. Im Kampf war seine Maske verrutscht."

„Kannst du ihn beschreiben?"

„Leider nicht. Ich konnte nur die Mundpartie sehen und das auffällige Kinn."

„Und dann? Was ist dann passiert?"

Mels Brustkorb bewegte sich schnell auf und ab.

„Schon gut", meinte Frank und drückte kaum spürbar ihre Hand.

„Er hat mir Einzelheiten über Alina verraten. Er wusste zum Beispiel, dass sie durch Ersticken zu Tode gekommen war, und er hat mir gedroht, mich genauso zuzurichten. Außerdem muss er mich gekannt haben, denn er nannte mich Polizeischlampe. Von dieser Sekunde an wusste ich, mit wem ich es zu tun hatte. Ein Fremder hätte diese Details nicht gewusst."

Mel schnappte jetzt nach Luft.

„Beruhige dich", sagte Frank und streichelte gedankenverloren über ihren Kopf.

Jetzt fehlte ihr die Kraft, weiter zu sprechen. Sie wollte nur schlafen, einfach nur schlafen. Mel lag erschöpft auf dem großen, weißen Kissen. Ihr Herz pochte. Sie drehte ihren Kopf zu Frank und sah ihn unverwandt in die Augen.

„Wenn er erfährt, dass ich wieder bei Bewusstsein bin, muss er nur noch eins und eins zusammenzählen, um zu wissen, dass...", sagte sie mit gepresster Stimme.

„Mach dir keine Sorgen. Du bist hier in Sicherheit. Draußen vor deiner Tür ist ein Polizeibeamter abgestellt, der auf dich aufpasst."

Frank lief ein eiskalter Schauer über den Rücken, als er an die Todesursache von Alina Reuter zurückdachte.

Er beschloss, eine weitere Beamtin anzufordern, die sich im Krankenzimmer aufhalten sollte.

 dem Display von Frank Sofi waren mehrere entgangene Anrufe angezeigt, als er es wieder einschaltete. Beim Abhören seiner Mailbox erkannte er bereits nach den ersten Worten die Dringlichkeit des Anrufes. Er gab die hinterlassene Anschrift in sein Navi ein, antwortete kurz mit einer SMS und brauste davon. Er fuhr schneller, als erlaubt war.

„Du kannst so oft auf die Uhr schauen, wie du willst, deshalb ist Frank Sofi auch nicht schneller hier", sagte Kevin äußerst angespannt.

Im Kopf überschlug Mell die Fahrtzeit vom Krankenhaus bis zur Wohnung und kam zu dem Ergebnis, dass es jeden Augenblick an der Haustüre läuten müsste.

„Ich kann nicht noch länger hier herumsitzen. Ich gehe Frank Sofi ein Stück entgegen, bevor ihn das Navi stundenlang im Kreis führt", meinte Kevin.

„Bitte, lass mich jetzt nicht allein", bat Mell und hielt ihn am Arm fest. „Was, wenn er immer noch da draußen ist und beobachtet, dass du das Haus verlässt, hier eindringt und mir etwas antut?"

„Dir wird nichts passieren. In ein paar Minuten bin ich ja wieder bei dir."

„Bitte schließe die Türe hinter dir ab, wenn du gehst."

„Mell, das geht nicht. Ich war leider immer noch nicht beim Schlüsseldienst, um einen Ersatzschlüssel machen zu lassen."

Sie hörte die Türe laut ins Schloss fallen.

Mell schaute sich ängstlich um. In ihrem Kopf ging es drunter und drüber. Für den Bruchteil einer Sekunde sah sie wieder die Gestalt vor sich, die vor dem Fenster gestanden und mit einer Handbewegung demonstriert hatte, ihr die Kehle durchzuschneiden. Sie wünschte, sie wäre jetzt nicht alleine in der Wohnung.

Panisch rannte Mell zum Ausgang, drückte die Klinke herunter. Aus Angst schloss sie die Wohnungstüre zweimal von innen ab, steckte mechanisch das Handy in ihre Hosentasche, das auf der kleinen Kommode in der Diele lag. Sie ging in alle Räume, kontrollierte Ecken und Nischen. Danach setzte sie sich an den Küchentisch und schaute ständig auf die Uhr. Sie konnte es kaum erwarten, endlich mit Frank Sofi zu reden.

Ihr schwaches Nervenkostüm ließ sie bei jedem Geräusch zusammenzucken. Was war das? Angespannt hielt sie die Luft an. Nein, da war nichts. Dann hörte sie ein Klacken, das sie jedoch nicht einordnen konnte. Beunruhigt stellte sie einen mit Wasser gefüllten Kochtopf auf die Herdplatte, um eine Kanne Tee aufzuschütten. Innerlich ärgerte sie sich über die umständliche Methode, Tee aufzubrühen.

Gedankenverloren schaute sie durch das vorhanglose Küchenfenster. Plötzlich blieb ihr vor Angst ein Schrei in der Kehle stecken, als sie eine Gestalt erblickte, von der sie glaubte, Michael Jella zu erkennen. Mell machte einen Schritt zurück, weg vom Fenster. Sie holte das Handy hervor und wählte immer wieder Kevins Nummer.

„Bitte leg doch endlich auf", flüsterte sie, nachdem das nervige Besetztzeichen bei jedem erneuten Versuch an ihr Ohr gedrungen war.

Ihr wurde auf einmal übel. Sie verbarrikadierte sich im Badezimmer und schaffte es gerade noch, ihren Kopf über die Kloschüssel zu halten. Außer die durch sie selbst verursachten Geräusche hörte sie das blubbernde Wasser auf dem Herd. Nach einer Weile drehte sie mit zitternder Hand den Schlüssel nach rechts, öffnete die Badezimmertür. Mell ging leise in den Flur und schaute sich vorsichtig um. Auf einmal bemerkte sie einen Schatten. Dann ging alles rasend schnell.

Jemand hielt ihr gewaltsam den Mund zu. Sie wehrte sich, riss an der Hand, die sich fest auf ihren Mund gepresst hatte. Gelähmt vor Entsetzen dachte sie, jetzt ist es vorbei, als sie etwas Kaltes unterhalb ihres Auges spürte. Verzweifelt sah sie die Verletzungen in Mels Gesicht. Aus Angst blieb ihr die Luft weg, sie taumelte.

„Du wirst mich gleich erst richtig kennenlernen", sagte der Peiniger und drückte sie mit dem Rücken fest an die Wand. Bereits beim ersten Versuch, sich zu befreien, drückte er die Messerspitze immer tiefer in die Haut unterhalb ihres Jochbeins. Mell spürte, wie ihr das Blut von der Wange am Kinn herunterlief. Entsetzliche Panik überfiel sie, er könnte sein Versprechen, *ihr schönes Gesicht zu zerstören*, wahr machen. Sie überlegte fieberhaft, wie sie ihn in ihrer jetzigen Position überwältigen könnte. Auch wenn sie es hier mit einem sehr starken Gegner zu tun hatte, hatte auch dieser eine äußerst empfindliche Stelle…

Fast der Ohnmacht nahe ballte sie ihre Hände zu Fäusten. Wie von Sinnen schlug sie gegen seine Brust und rammte ihm ihr Knie mit aller Kraft in den Unterleib. Der Angreifer ließ augenblicklich von ihr ab. Als er dann auf sie einstechen wollte, sprang Mell instinktiv zur Seite, sodass er sie nur um eine Haaresbreite verfehlte. Er versuchte es erneut, und diesmal spürte sie einen stechenden Schmerz am Oberarm. Sie schaute auf den immer größer werdenden Fleck. Mell stöhnte laut auf und drückte mit einer Hand fest auf die blutende Stichwunde. Aus der Ferne waren Motorengeräusche zu hören. Mell war sich sicher, dass jetzt endlich Hilfe kommen würde, denn Frank Sofi und Kevin müssten schon längst hier sein.

Das kochende Wasser! Sie hörte das immer lauter werdende Zischen und wusste, was zu tun war, bevor er sie aufschlitzen würde. Mit letzter Kraft schaffte sie es in die Küche. Der Mann war in wenigen Schritten bei ihr. Erschrocken über ihr Vorhaben, ihm den mit kochendem Wasser gefüllten Topf entgegenzuschleudern, starrte Mell in das versoffene Gesicht. Sie nahm ihren ganzen Mut zusammen. Als sie die heißen Griffe des Topfes umfasste, schrie sie leise auf und presste die Zähne fest zusammen, als wollte sie den Schmerz der gerade erlittenen Verbrennungen an ihren Fingern unterdrücken. Mell ließ den Topf einfach fallen.

Dann ein entsetzlicher Schrei. Mit aufgerissenem Mund stolperte der Eindringling über den Kochtopf, rutschte auf der Wasserlache aus, stürzte und schlug ohne Halt mit dem Kopf auf dem Boden auf. Er lag bewegungslos da. Als Mell realisierte, dass er sich nicht rührte, machte sie einen riesigen Schritt über ihn hinweg und rannte zum Ausgang. Panisch riss sie die Haustüre auf und lief Frank Sofi direkt in die Arme.

„Gott sei Dank, dass Sie endlich da sind. Er liegt tot in der Küche."

Frank Sofi kontrollierte mit geschultem Auge die Situation und entdeckte ihn auf dem Fußboden.

„Sind Sie alleine? Wo ist Kevin?", wisperte Mell schockiert.

„Keine Ahnung", antwortete der Polizist.

Michael Jella bewegte sich zögerlich und rieb mit schmerzverzerrtem Gesicht immer wieder seinen Kopf.

„Bitte helfen Sie mir." Seine Stimme klang schwach.

Ohne jegliches Mitgefühl baute Frank sich vor ihm auf und musterte ihn mit eiskaltem Blick.

„Los, stehen Sie auf", sagte er kaltherzig.

Jella atmete heftig und verzog wieder das Gesicht, als könne er sich tatsächlich vor Schmerzen nicht bewegen. Unbeeindruckt packte Frank ihn mit hartem Griff und verfrachtete ihn unsanft auf den Küchenstuhl. Als er aufspringen wollte, drückte Frank ihn grob in den Stuhl zurück.

„Bleiben Sie gefälligst sitzen, bevor ich mich vergesse."

Frank packte ihn noch fester an den Handgelenken, hielt ihn fest und drückte ihn tiefer in den Sitz.

„Fass mich nicht an, du Bullenschwein!"

Frank reagierte nicht auf die primitive Ausdrucksweise des Täters.

„Mell, Sie sollten jetzt Polizeihauptkommissar Wild herbitten und einen Krankenwagen rufen", sagte Frank, als er das Blut auf ihrem Pullover sah.

Herbert Wild klang nicht gerade glücklich, als Mell ihm die Sachlage in kurzen Worten am Telefon schilderte.

„Ich wollte das alles nicht. Das wäre niemals passiert, wenn ich eine andere Wahl gehabt hätte. Ich habe es doch nur getan, weil ich das Geld dringend brauchte, um meine Spielschulden zu bezahlen. Die Melcher hat mir ein so gutes Angebot gemacht, dass ich es nicht ausschlagen konnte", jammerte Michael Jella ungefragt auf höchstem Niveau. „Und dann kam Kevko mit ins Boot und …"

Mell ließ ihn nicht ausreden. Bestürzt starrte sie ihn an.

„Wie sind Sie eigentlich hier hereingekommen?", wollte sie von ihm wissen, als sie sich mit einem Küchentuch den Oberarm abgebunden hatte.

„Durch die Tür."

„Das kann nicht sein. Sie war abgeschlossen."

Frank schaute Mell fragend an. „Frau Sofy, als Sie mir öffneten, war die Türe nicht abgesperrt."

Mell ging in den Flur und betrachtete die Eingangstüre. Es waren keine Einbruchsspuren zu sehen.

„Verdammt!", rief sie auf einmal. „Das Klacken, das ich zuvor wahrgenommen habe, war das Geräusch des Türschnappers."

Sie kam zurück in die Küche.

„Woher haben Sie den Schlüssel zur Wohnung?"

„Von deinem Stecher", flüsterte Michael Jella mit einem widerwärtigen Grinsen. „Er war es auch, der die elektronische Schlüsselkarte für das Zimmer 122 besorgt hat, damit ich mir unbemerkt dort Zugang verschaffen konnte."

Frank war inzwischen außer sich.

„Wo ist er? Wo ist Kevin Kroke? Heraus mit der Sprache!"

„Er ist gerade im Krankenhaus. Er hat Panik, dass die Polizeischlampe doch noch die Wahrheit über den wahren Tod seiner Frau herausfinden könnte."

Mit weit aufgerissenen Augen starrte Mell Michael Jella an. Sie war unfähig sich zu bewegen, als sie die Bedeutung seiner Worte realisierte.

Plötzlich klingelte ein Handy.

„Hallo? Ja, der bin ich. Wer spricht denn da? Okay, wird gemacht. Ja, ich habe alles verstanden", sagte Frank Sofy.

Als er aufgelegt hatte, sah man ihm an, dass es fieberhaft hinter seiner Stirn arbeitete.

Es

klopfte energisch an der Tür. Das Klopfen wiederholte sich.

„Aufmachen, hier ist die Polizei."

Mell eilte zur Tür und stand Polizeihauptkommissar Wild gegenüber, der sich schon wieder mit einem Taschentuch die Schweißperlen von der Oberlippe wischte.

„So", sagte Frank Sofi, das Wort an Michael Jella gerichtet. „Kevin Kroke ist also im Krankenhaus, um was zu tun?"

„Um deine Olle umzubringen."

„Jetzt mal langsam, damit ich es auch verstehe", mischte sich Polizeihauptkommissar Wild ein.

„Hier geht es um ein Auftragsverbrechen. Das Motiv ist Rache", sagte Mell geistesgegenwärtig.

Alle Augenpaare waren auf sie gerichtet. Ihr Körper war angespannt wie ein Flitzebogen. Sie bemühte sich, das Gefühl von unsäglicher Enttäuschung abzuschütteln. Dann brach alles aus ihr heraus, jedes noch so kleinste Detail, sie redete wie ein Wasserfall.

Als sie den Inhalt des belauschten Gespräches wiedergab, zitterte sie nicht wie Espenlaub, und sie senkte auch nicht ihre Stimme.
Sie schrie so laut, um sich endlich von dem
seelischen und körperlichen Schmerz zu befreien.

„Es geht hier aber um sehr viel mehr, als nur
um ein Auftragsverbrechen", sagte Frank Sofi.

„Wo bleibt denn nur der Krankenwagen",
wisperte Mell, der auf einmal ganz schummrig
wurde. Kaum hatte sie die Frage ausgesprochen, kam die Lautstärke des Martinshorns immer näher und verstummte vor dem Haus.
Zwei Rettungsassistenten und ein Arzt betraten die Wohnung mit einer Trage. Sie legten
Mell Sofy darauf und schnallten sie fest.

„Ist es möglich, dass ich Frau Sofy ins Kran-
kenhaus begleite?", fragte Frank den Arzt.
„Wenn die Patienten nichts dagegen hat."
Mell nickte zustimmend.

Beim Heraustragen stießen sie mit Kevin
Kroke zusammen, der eine blutende Wunde
am Kopf hatte.
„Roy, du Schwein, warum hast du mich nie-
dergeschlagen", hörte Mell ihn noch brüllen.

„Herr Kroke, Sie können mit dem Versteck-spiel aufhören. Der Polizeischutz hat mir ge-rade bestätigt, dass Sie versucht haben, an Mel heranzukommen", meinte Frank und hielt ihm sein Handy entgegen.

Als Polizeihauptkommissar Wild das hörte, zückte er sein Handy und forderte augenblick-lich Verstärkung an. Kurze Zeit später betraten vier Polizisten die Wohnung.

Sie legten Michael Jella und Kevin Kroke Handschellen an und führten sie ab.

Frank setzte sich zu Mell nach hinten in den Rettungswagen. Er hielt Mells Hand ganz fest und sagte:

„Herr Jella hat Herrn Kroke die Verletzungen nicht zugefügt. Ihm ist die abgestellte Polizei-beamtin in Mels Krankenzimmer in die Quere gekommen."

„Bitte, ich will nichts mehr davon hören", flehte sie Frank an.

Mells ganzer Körper schmerzte, so als hätte man ihr das Herz herausgerissen. Sie weinte und ließ ihre Tränen hemmungslos laufen.

„Es tut mir leid, dass Sie auf Kevin Kroke hereingefallen sind. Aber glauben Sie mir, ich weiß, dass das Gute am Ende immer siegen wird."

Gabriele Kox

DU lässt mich nicht im Regen stehen

ISBN: 978-3-7375-8892-8

Informationen finden Sie auf:

www.epubli.de Gabriele Kox

In einem kleinen Vorstadtort von Düsseldorf leben seit fünf Jahren Alina und Emma in einem wunderschönen idyllischen Haus am Waldrand unter einem Dach. Gemeinsam lernen sie den gutaussehenden, charmanten, faszinierenden und wohlhabenden Christian kennen – und Emma verliebt sich in ihn. Mit diesem Tag wird die langjährige Freundschaft auf eine harte Probe gestellt, denn Alina behauptet Wochen später, dass Christian sehr viele dunkle Geheimnisse in sich trägt. Für Emma bricht eine Welt zusammen.

Aus tiefer Verzweiflung schließt sie sich dennoch dem von Alina perfekt ausgedachten Racheplan an …

Ganz großen Dank an …

… meine Tochter Rebecca,

für die unbezahlbaren Ratschläge. Sie hat mir mit Rat und konstruktiver Kritik zur Seite gestanden. Ich vertraue ihr und weiß ihre Kritik sehr zu schätzen. Sie ist für mich einfach unentbehrlich.

… Klaus-Gunther,

der mein Manuskript mit Genauigkeit gegengelesen hat. Danke für die wertvollen Vorschläge und hilfreichen Kommentare zum Text.

… meinen Freund Manfred,

der mir uneingeschränkt aus der Ferne zur Seite steht.

… Nadja,

die an der Mitgestaltung des Covers beteiligt war.

… Isis, die mir bei der technischen Umsetzung behilflich war.

… alle,

die mich bei meiner Recherche mit nützlichen Vorschlägen unterstützt haben.